MESMO
SABENDO
COMO
TUDO ACABA

MESMO SABENDO COMO TUDO ACABA

C. L. POLK

TRADUÇÃO
Helen Pandolfi

Copyright © 2024 by Chelsea Polk

Grafia atualizada segundo o Acordo Ortográfico da Língua Portuguesa de 1990, que entrou em vigor no Brasil em 2009.

Título original
Even Though I Knew the End

Capa
Christine Foltzer

Ilustração de capa
Mark Smith

Ilustrações de miolo
SeemaLotion/ Adobe Stock

Foto da autora
Mike Tan

Preparação
Marina Góes

Revisão
Camila Saraiva
Paula Queiroz

Dados Internacionais de Catalogação na Publicação (CIP)
(Câmara Brasileira do Livro, SP, Brasil)

Polk, C. L.
     Mesmo sabendo como tudo acaba / C. L. Polk ;
tradução Helen Pandolfi. — 1ª ed. — Rio de Janeiro :
Suma, 2024.

     Título original : Even Though I Knew the End.
     ISBN 978-85-5651-214-7

     1. Ficção canadense I. Título.

24-189158   CDD-C813

Índice para catálogo sistemático:
1. Ficção : Literatura canadense   C813

Cibele Maria Dias – Bibliotecária – CRB-8/9427

Todos os direitos desta edição reservados à
EDITORA SCHWARCZ S.A.
Praça Floriano, 19, sala 3001 — Cinelândia
20031-050 — Rio de Janeiro — RJ
Telefone: (21) 3993-7510
www.companhiadasletras.com.br
www.blogdacompanhia.com.br
facebook.com/editorasuma
instagram.com/editorasuma
twitter.com/editorasuma

Para Craig
por que são todas nossas músicas, ou não?

ATO I

I

Marlowe me ofereceu cinquenta dólares para ficar plantada no frio congelante de Chicago e conduzir uma predição. E eu, que não passo de uma idiota gananciosa, aceitei. Calculei o tempo ideal para a operação ainda no telefone com Marlowe, revezando a atenção entre meus cálculos em papel de rascunho e uma efeméride. Tive que me apressar para chegar à cena do crime na hora caldaica da lua, o melhor momento para se comunicar com os mortos. Cinquenta dólares é uma quantia satisfatória, mas fui ingênua quando achei que conseguiria fazer isso a tempo de aproveitar meu último fim de semana com Edith.

Mas é claro que deu tudo errado.

Eu culpo Luna. A luz do luar iluminava os cacos de uma lâmpada recém-quebrada, projetando minha sombra no chão asfaltado do beco mais limpo que eu já vira nos fundos de um açougue. Ergui o pêndulo e tentei outra vez.

— Espírito da mulher morta, fale comigo.

A ponta do pêndulo nem se mexeu.

Não fazia sentido. O espírito de Kelly McIntyre ainda deveria estar atrelado ao seu local de falecimento. Qualquer médium meia-boca é capaz de contatar alguém morto até três dias após o óbito, não importa o que tenha acontecido, e eu sou um pouco melhor do que isso. Ela deveria estar perambulando por aqui, carente de atenção como um filhotinho de gato, ansiosa para me contar o que acontecera. Mas o pêndulo apontava para baixo, estranhamente inerte, como se nunca tivesse morrido ninguém naquele beco.

Problemas. Justamente o que eu não precisava. Não tinha tempo para isso.

A câmera estava pendurada no meu pescoço, a lente de fole estendida ao máximo, o obturador aberto na velocidade lenta. Marlowe teria que se contentar com fotos da cena do crime, se é que ficaria escuro o suficiente para tirá-las.

Inclinei a cabeça para trás. Luna espiava a cena de trás de uma nuvem sem chegar a se esconder por completo. Ela me encarava ali, no beco, sem se importar com o fato de eu estar morrendo de frio.

— Vamos lá, mocinha — murmurei para o céu. — Que tal me dar um desconto?

Eu nem deveria estar aqui, mas Marlowe não só me ofereceu mais do que o dobro do que de costume como prometeu que o caso seria interessante. Até então nada de interessante tinha acontecido. Pior, eu tinha um encontro dali a duas horas e não poderia ficar naquele beco por muito mais tempo. Guardei o pêndulo no bolso interno do casaco e cruzei os braços, enfiando as duas mãos dormentes de frio sob as axilas.

Olhei para a lua outra vez.

— Estou falando sério. Vaza.

E, por incrível que pareça, ela se foi. A luz prateada diminuiu quando Luna se escondeu atrás da nuvem com a qual estivera flertando pelos últimos dezoito minutos. Era hora de pôr a mão na massa e dar o fora.

Tirei as luvas e cortei o dedo mindinho da mão esquerda, gemendo de dor quando o sangue escorreu. Estendi a mão e proclamei:

— Sangue, junte-se ao sangue e revele-o.

Três gotas pingaram entre meus pés no asfalto rachado, bem em cima do sigilo que eu pintara ali com uma solução de tinta à base de rádio e esporos de cogumelos japoneses bioluminescentes colhidos em uma noite sem lua.

O encantamento dependia da combinação de princípios de contágio e magia, o que significa que meu sangue ativaria as propriedades luminescentes do rádio e o brilho vívido do fungo, ligando-o ao sangue derramado...

Quer saber? Vamos deixar as explicações para outro momento. O chão se acendeu, partindo das gotas de sangue que eu tinha derramado e desabrochando até preencher todo o beco em detalhes de um verde muito vivo, no mesmo tom das horas exibidas em um rádio relógio no meio da madrugada. Ou, é claro, de um cogumelo brilhante. O sangue não some com facilidade; ele marca os lugares que toca. Os policiais devem ter limpado bem a cena do crime, mas não conseguiram remover tudo.

Eu ainda não tivera a chance de testar aquele encantamento, mas não parecia nada mau para uma garota que não deveria dominar nada mais perigoso do que cálculo das horas caldaicas e um pouco de astrologia.

O orgulho pelo sucesso do meu encantamento evaporou quando me dei conta do que ele revelava. A cena do crime era horripilante: havia sangue por todas as paredes do beco — não em respingos esparsos, mas em traços cruéis e intencionais de selos de magia. Eles estampavam as paredes de cima a baixo, espalhando-se pelo asfalto à esquerda e à direita. Alguns eu conseguia entender. Mas os outros?

Aquilo não era grego. Grego eu entendia. Aqueles símbolos me lembravam glifos astrológicos, selos herméticos, mas tudo isso eu também entenderia. O que estava diante de mim era familiar, mas era algo que eu não conseguia decifrar e não conseguia me lembrar onde tinha visto antes.

Chega de ficar olhando em volta abobalhada. Eu tinha um procedimento padrão quando se tratava de fotografar cenas de rituais e pretendia segui-lo. Tirei a primeira fotografia, removi a chapa e guardei-a no porta-negativos, que coloquei no bolso. Apontei a câmera para o alto, para baixo, para a esquerda, para a direita. Capturei os selos e as marcas no olho que tudo vê da minha Graflex. Eu a herdara de meu antigo chefe, Clyde, que certamente teria fortes opiniões quanto à abertura da lente no máximo e a ausência de um tripé, mas ao mesmo tempo ficaria impressionado com o feitiço que tornou isso possível.

Enquanto eu fotografava um espaço encantado com mais daqueles glifos desconhecidos, sentia o peso em meu peito aumentar. O sangue, que eu supunha pertencer a Kelly McIntyre, cobria o chão e as paredes na geometria complexa de um círculo ritual diferente de tudo o que eu já testemunhara como mística. O buraco era mais embaixo — aquilo era pior do que uma assombração, pior do que uma maldição. Tratava-se de um ritual de alta magia cujo propósito era o mais terrível que eu já vira.

Marlowe tinha razão, afinal. Era um trabalho e tanto, mas eu não tinha tempo para me aprofundar mais do que aquela visita permitia. Queria ter, embora tudo ali gritasse *perigo! Fuja! Ameaça letal!* Por mais apavorante que fosse, minha curiosidade estava nas alturas.

Espere.

Eu me agacho. Recuo pelo beco contando os tijolos, com o braço esticado na altura dos olhos e o dedo em riste.

— Hum.

O Vampiro da Cidade Branca poderia muito bem ser o Vampiro Baixinho, já que aquelas marcas indicavam que ele tinha pouco mais de um metro e sessenta. Como uma pessoa daquela estatura conseguira arrastar uma amazona como Rouxinol McIntyre até um ponto tão distante naquele beco? Fiquei pensando: em que condições suas unhas estariam? Teria ela lutado e se debatido, ou sido rendida? Será que eu conseguiria essa informação se bajulasse alguém no necrotério?

Estava me deixando envolver pelo caso e não podia fazer isso. Só tinha tempo para fotografar. Voltei a me agachar e tirei uma foto do alfabeto desconhecido em uma das paredes laterais. O obturador se abriu e o brilho nas paredes se intensificou por um instante antes de tudo voltar à escuridão original — ou, melhor dizendo, à luminescência original.

— Droga.

Luna tinha voltado de seu encontro com a nuvem, brilhando sobre mim no auge da curiosidade.

Eu ainda tinha um frasco de solução luminosa, quantidade suficiente para mais um encantamento, mas isso teria que esperar... Olhei para o céu, fazendo cálculos. Pelo menos mais meia hora. Isso me levaria à hora de Saturno, o que não era nada auspicioso.

Seis fotos teriam que bastar — a sétima provavelmente não prestaria. Recarreguei a câmera com um filme novo e meus bolsos ficaram cheios de chapas 4×5. O brilho do encantamento desaparecera, mas eu olhava pelo visor mesmo assim. Algo dentro de mim queria tirar mais uma foto, e uma mística não ignora a própria intuição.

Som de vidro sendo triturado pela sola de uma bota. Uma nova sombra se projetou diante de mim, em formato de ombros quadrados e chapéu fedora.

— O que pensa que está fazendo aqui? — perguntou um homem, autoritário, depois emitiu um som incrédulo. — Meu Deus. É uma mulher.

Droga. Aquilo era culpa minha. Eu tinha sido avisada e mesmo assim não lançara nenhuma proteção. O glamour da invisibilidade não era muito a minha praia. Eu sequer ativara algum tipo de alarme. Fui descuidada e mereci ter sido pega.

Dois homens haviam dobrado a esquina — um alto e de ombros largos, o outro mais baixo, parado de pé com uma postura de boxeador. Mas eram policiais ou ladrões?

A intuição ainda sussurrava em meu ouvido. Apertei o botão do obturador com a lente apontada na direção deles antes de puxar o ar com um sorriso.

— A cena está limpa, mas uma segunda olhada nunca faz mal... Ah, não...

O flash de uma estrela prateada de oito pontas na lapela do homem mais baixo me disse com quem eu estava lidando, e eu seria duplamente amaldiçoada se baixasse a guarda para tipos como *aqueles*. Abaixei minhas mãos.

— Boa noite, senhores. Que bela noite.

O homem mais baixo deu um passo adiante, com uma arma na mão. Dei uma olhada no maior; mesmo com a figura envolta em sombras meu coração deu um pequeno salto, porque eu o conhecia. A luz passou a iluminar metade de seu rosto e nesse momento me esqueci de como respirar. O queixo, a boca... mesmo dez anos mais velho e um metro e meio mais alto, eu o conhecia.

— Ted? — Dei um passo à frente também. — Teddy?

— Helen. Você não deveria estar aqui.

— Helen Brandt? — disse o homem mais baixo, com agradável surpresa. — Você ainda está viva?

Eu e Ted nos entreolhamos.

— Cale a boca, Delaney — disse meu irmão. Sua voz deixara de ser estridente e se estabilizara em um timbre suave.

Delaney não importava. Meu sorriso era tão largo que eu conseguia sentir o ar gelado da noite nos meus molares. Ted estava ali, naquela semana entre todas as outras. Ali, quando eu pensei que nunca mais voltaria a vê-lo.

— Teddy. Não acredito que é você. Foi transferido de Ohio? Veio para Chicago de vez? Você já deve ser um iniciado a essa altura. Já conquistou seu terceiro grau?

Meu coração martelava no peito como se estivesse prestes a arrebentar minha caixa torácica. Ted. Meu irmãozinho mais novo, já não tão "inho" assim, bem na minha frente e... com um semblante que parecia ter sido esculpido em gelo.

— Você não tem o direito de querer saber de mim — disse Teddy. — Não tem direito de ficar aí fazendo perguntas sobre a minha vida.

O olhar dele me partiu ao meio, expondo o buraco oco logo abaixo do coração que nunca parecia estar preenchido. Eu aceita-

14

ra o fato de que não o veria mais havia muito tempo, mas nunca me conformei com isso. No fundo, ansiava em poder olhar para ele mais uma vez e tinha esperanças de que ele me reconhecesse em algum lugar. Que me visse, a irmã que ele amara um dia, e que assim talvez eu tivesse algo para guardar no espacinho vazio que reservara para ele.

Mas as coisas não estavam saindo como eu esperava. Ele me olhava com desdém, a rejeição evidente no rosto. Ele não enxergara ninguém que amava, apenas a feiticeira Helen Brandt — e isso era algo que eu jamais desejara ver nos olhos dele.

Mas mesmo enquanto o momento com que sempre sonhei se transformava em um pesadelo, as engrenagens do meu cérebro não pararam de funcionar. Teddy não estava naquele beco por acaso; eles estavam monitorando a cena o tempo todo. Não eram policiais. Não eram ladrões. Eram altos feiticeiros, o que era ainda pior.

Levantei a gola do casaco e recuperei minha dignidade. Eu era Helen Brandt. Ele era o Iniciado Theodore Brandt, e não lavaríamos a roupa suja diante de um estranho, mesmo que ele soubesse dos rumores.

Fiz um gesto com a aba do meu chapéu para Delaney.

— O que traz a Irmandade da Bússola a um local tão agradável como este?

— Você adoraria saber, não é mesmo? — respondeu ele com uma careta que devia ter visto em algum filme. — Como ficou sabendo do caso?

— Você fala como se o Vampiro da Cidade Branca não estivesse em todas as notícias.

— Claro, então você não passa de uma cidadã preocupada? — disse Delaney. — Quer que eu acredite nisso vindo de uma feiticeira?

Ted não disse nada. Sequer se mexeu. Eu estava segurando a língua, mas ao menor sinal dele contaria tudo. Aceitaria qualquer migalha que ele me jogasse como se minha vida dependesse disso. Abri as mãos, palmas para cima.

— Ted, eu só estou tentando ajudar.

Mas Ted deixou que o colega conduzisse a conversa.

— Perguntei o que você veio fazer aqui.

Com base nos pés de galinha, Delaney devia ser mais velho do que nós dois, e se portava com a presunção típica de quem ocupou um posto de autoridade por bastante tempo. Mas ele podia gastar quanta saliva quisesse, Marlowe não me pagou para dedurá-la para a Irmandade.

Ergui o queixo, olhando para ele por cima do nariz, disfarçando minha reação quando ele se irritou.

— Foi só intuição. Eu não poderia ficar parada em caso de haver algo... obscuro... acontecendo. E provavelmente há um padrão no horário dos assassinatos. Este aconteceu enquanto o sol estava em quadratura com a lua, dentro de um grau de orbe em relação ao aspecto, enquanto em contraparalelo...

— Eu tinha me esquecido — interrompeu o homem mais baixo. — Você é *astróloga*.

— Auspex, você quis dizer — corrigi. — Em latim, significa...

— Basta, srta. Brandt. — Ted falava comigo como se eu fosse uma estranha, como se não tivesse dado a ele tudo o que eu podia. Estava impassível, com um coração feito de gelo, enquanto o meu estava partido em dois. — Agradeço a generosidade de sua oferta, mas sinto que precisarei recusar.

— Ted. — Tentei outra vez. — Teddy. Por favor, me escute, eu...

Ele ergueu a mão em um gesto de silêncio, fechando a ponta dos dedos sobre o polegar. As palavras ficaram entaladas na minha garganta.

— Eu sei exatamente o tipo de ajuda que você está oferecendo — disse Ted. — É melhor ir embora, feiticeira, antes que sejamos obrigados a levá-la ao Grand Lodge.

Eu me apressei a fechar a boca antes que meu queixo encostasse no chão. *Feiticeira*. Doeu mais do que um tapa. A Irmandade não tinha piedade com quem metia o nariz nos assuntos deles. Mas eu não significava nada para Ted? Ele não tinha um coração batendo dentro do peito? Não sentia nada? Absolutamente nada?

Se ao menos ele gritasse comigo pelo que fiz. Se ao menos pudéssemos brigar, gritando aos quatro ventos, para que ele me dissesse que eu não deveria ter feito aquilo e eu responder que faria tudo de novo, que eu o amava demais para agir de forma diferente. Mas ele estava tão impenetrável quanto uma parede e o parceiro tinha um revólver, então ir embora pareceu uma boa ideia. Um projetil poderia sair daquela arma e alguém poderia se machucar.

Recuei um passo e senti um formigamento na língua quando ela se libertou.

— Se precisarem da minha ajuda...

Delaney apontou a arma para mim e minha boca ficou seca.

— Dá o fora.

— Certo — acatei. — Tenham uma boa noite, senhores.

2

Voltei para a esquina da State com a Washington sem derramar uma lágrima sequer. O frio atravessava meu casaco e apertava meu coração, e aproveitei a sensação para afastar a parte de mim que queria sucumbir e chorar de tristeza pelo irmão que não me queria por perto, da parte de mim que queria gritar de ódio com a ironia de ele ter reaparecido em minha vida três dias antes do momento em que eu estava destinada a deixá-la. O vento congelava meus cílios enquanto eu caminhava o mais rápido que podia com gelo sob os pés.

Não tive tempo para chorar. Ted não daria a mínima se eu chorasse ou não e eu estragaria a noite se chegasse para meu encontro de olhos vermelhos e inchados. Respirei fundo e deixei que o ar gelado em meus pulmões envolvesse meu coração. Siga em frente. Chore mais tarde. Você tem responsabilidades a cumprir e pouco tempo para fazer isso.

Eu não deveria ter aceitado aquela consulta, mas não adiantava chorar pelo leite derramado e, pelo menos, eu embolsaria cinquenta dólares. Então me tranquei na sala escura e comecei a trabalhar. Oito negativos boiaram por um tubo de revelação. Eu mantinha as chapas em movimento, como Clyde me ensinara. A Graflex estava empoleirada em segurança na prateleira, descongelando depois da exposição ao frio.

Eu precisava tanto de um cigarro que estava rangendo os dentes, mas isso teria que esperar até que todas as oito chapas estivessem reveladas e penduradas no varal de secagem. Depois, eu precisaria de uma blusa que não estivesse com o fedor de quem ficou diante de uma arma apontada. Os minutos passavam por mim, sussurrando: *está atrasada, está atrasada.*

Tranquei a porta da sala escura quando saí, mas os sinais nos negativos me acompanharam. O Vampiro da Cidade Branca estava usando um ritual para evocar uma alta magia que eu não reconhecia. Marlowe estava interessada, mas por quê? Ela costumava me contratar em casos perfeitos para um detetive e adivinhador de meio expediente, mas nunca tinha me mandado por um caminho tão obscuro.

E nunca tinha me mandado para algo que chegasse tão perto dos assuntos da Irmandade da Bússola. Não queria me envolver com minha antiga ordem. Esqueça a Aurora Dourada. Esqueça a Ordem Oriental no oeste — no fim das contas eles não passam de uma fachada para orgias. Esqueça a respiração ofegante das bruxas ou a magia de raiz e osso do povo conjurador. Juntos, eles mal detinham uma lasca dos segredos que a Fraternidade guardava em seus alojamentos, e mesmo uma taxa de cinquenta dólares não valia a ira deles. Eu supunha que Marlowe não queria cruzar o caminho deles tanto quanto eu.

Eu não tinha tempo para curiosidades. Encharquei um pano com água da chaleira e lavei as axilas, depois vesti uma blusa limpa e passei perfume nos pulsos e no pescoço. Meu maço fechado de Chesterfield estava sob uma pilha de correspondência na escrivaninha e, quando o peguei, os envelopes escorregaram e caíram no chão de madeira, levantando a poeira acumulada junto aos pés da mesa. Não me dei ao trabalho de recolhê-los e acendi o cigarro.

Eu precisava me acalmar. Dissera à Marlowe que não poderia realizar minha investigação de costume, que faria uma predição da cena do crime e mais nada. Ela concordou e, diplomaticamente, ambas ignoramos o fato de que ela sabia muito bem que eu morderia a isca quando percebesse que havia um enigma oculto. No entanto, ainda que eu tivesse tempo, a Irmandade estava rondando o assunto. Eu teria que me afastar do caso e precisava dizer isso à Marlowe o quanto antes.

Tirei o telefone do gancho equilibrando-o entre minha orelha e o ombro. Girei o disco em sentido horário seis vezes, depois esperei o som de chamada.

Tocou apenas duas vezes antes de Marlowe atender.

— Olá, minha querida.

— Oi, Marlowe. Estava esperando minha ligação?

Sua voz era um gorjeio rouco, do tipo que se demorava nos ouvidos.

— Helen. Ligando tão cedo?

— Tão tarde — corrigi. — Consegui tirar seis fotos antes de ser interrompida. Sete, na verdade, mas a última não deve ter ficado boa.

A oitava não era da conta dela, e também não devia ter ficado boa.

— Seis fotos? No escuro? — Ouvi o barulho de um isqueiro sendo aceso do outro lado da linha. — Proeza de um de seus encantamentos, imagino.

— Exato.

— Posso retribuir com muita generosidade se compartilhar esse encantamento comigo.

— E perder minha marca registrada? Meu bem, nem meu peso em rubis seria pagamento suficiente.

Todos os meus segredos estavam em um livro. O livro estava em um cofre. A combinação estava escrita na carta que eu enviaria no domingo contando tudo à Edith, e com sorte ela me perdoaria um dia.

Marlowe riu e soprou fumaça em meu ouvido.

— Posso tornar isso possível.

É provável que sim. Não sei onde ela conseguia dinheiro, mas fato é que Marlowe tinha muito e pagava bem pelo meu trabalho. O problema é que rubis não poderiam comprar o que eu queria. Nada poderia.

— É um caso oculto, com certeza. Mas é perigoso demais. Não posso ajudar você.

— Não seja tão derrotista, querida. Me dê uma chance de fazê-la mudar de ideia. Traga as fotos amanhã de manhã...

— Eu tenho um encontro — repeti. — As fotos não vão ficar prontas até a hora do jantar.

— Venha você, então. Adoro reuniões no café da manhã. Ou podemos começar hoje mesmo, tomando um drinque.

— Desculpe, meu bem. Ela está me esperando. — E havia grandes chances de que não estivesse mais se eu não me apressasse.

— Quem quer que seja, é uma mulher de sorte — disse Marlowe. — Café da manhã. Nove em ponto.

3

Já estava tão tarde que tive certeza de que não daria mais tempo. Fui correndo até o Wink no outro extremo do Near North Side e entrei em um salão mal iluminado e com cheiro de cerveja velha. Uma vez lá dentro, segui até os fundos como se estivesse me dirigindo à sala de pôquer que funcionava de segunda a domingo, mas, antes que alguém pudesse me ver, entrei à esquerda em uma saleta onde havia um armário de limpeza e outra porta.

Bati de um jeito específico — não era um toque ritmado, mas quase — e fiquei parada quando o olho mágico se abriu e um feixe de luz brilhou em meus olhos. A parede se deslocou e Sylvia me deixou entrar no patamar onde havia um longo lance de escadas indo para baixo.

— Boa noite, bonitona. Está atrasada.

Eu a cumprimentei com um aperto de mão, deixando uma moeda em sua palma.

— É, eu deveria ter trazido flores. Como está Moira?

Ela sorriu com orgulho.

— Hoje é dia de terno para Moira. Ela está tocando trompete na WGN.

— Que maravilha. Diga a ela que mandei oi, por favor.

— Ela vai estar aqui mais tarde e você mesma pode fazer isso. — Ela deu uma olhada no volume sob meu braço esquerdo. — Guarde a arma.

— Pode deixar.

Passei sob a luz de uma lâmpada pendente para descer as escadas e percorrer um túnel úmido e com cheiro de creosoto.

Eu estava atrasada, mas Edith ainda estava lá. Uma música distante ecoava pelo corredor e parei no guarda-volumes, sorrindo para a garota nova atrás do balcão, que tinha cabelos lustrosos e brilhantes e vestia um traje black tie de segunda mão um pouco grande demais para ela. Ela estendeu as mãos para pegar meu casaco e chapéu, depois guardou minha arma em um armário e me deu uma ficha. Não me dei ao trabalho de tirar o coldre; me sinto esquisita quando estou sem ele.

Eu me virei ao sentir um toque gentil no ombro, sendo tomada pelo instinto de luta ou fuga antes que eu pudesse me lembrar de voltar a sorrir. É só a garota do cigarro, bobinha. Quem mais poderia ser?

— Cigarros, Helen?

Mitzi (embora esse não fosse o nome verdadeiro dela) usava muitos anéis na mão que segurava a bandeja. Dei a ela uma moeda de gorjeta e um beijo em sua bochecha coberta de blush.

— Está linda hoje, meu bem.

Ela fez um gesto no ar.

— Vá partir o coração de outra, sua pilantra.

Sorri e abri a cortina de contas que dava para o Wink.

Chicago nos amara um dia. Antes, os heterossexuais se aglomeravam no De Luxe Café e no antigo Twelve-Thirty Club para respirar o mesmo ar que nós, os desviados. Mas a polícia reprimiu casas noturnas para gays em 1935 e, hoje em dia, a cidade não quer nos ver nem pintados de ouro.

Alguém havia encontrado esse lugar no final da Primeira Guerra e no início do Grande Experimento e resolveu criar um bar. Depois da Lei Seca e dos litros de sangue que escorreram pelas sarjetas de Chicago, a casa ficou abandonada e juntando poeira, esperando que Betty Dohue e sua esposa Willie o descobrissem mais tarde. Elas inventaram as senhas dois anos antes e todas nós planejávamos levar aquele segredo para o túmulo.

O Wink era comprido e estreito, tinha paredes de tijolo lascado e era repleto de cabines confortáveis em forma de U. Havia também lustres de cristal de verdade — um diferente do outro, mas esse era o charme — que iluminavam o ambiente em meio à névoa de fumaça de cigarro. Eles pendiam do teto no centro da sala, seguindo caminho pelo bar comprido e bem abastecido até um palco circular onde a Srta. Francine, usando um vestido azul cintilante, gingava o corpo suavemente ao cantar "I've Got You Under My Skin".

Era preciso olhar além dos paletós e cabelos penteados para trás: o Wink estava repleto de mulheres, reunidas em grupos ou aninhadas com uma companheira especial, usando camisas de colarinho engomado ou vestidos de cetim e lantejoulas. As mulheres das sextas à noite no Wink podiam ficar completamente à vontade, bebendo, rindo, olhando umas para as outras de uma forma que jamais ousariam na rua.

Passei pela multidão e segui para meu lugar de sempre no fundo do bar. Havia uma bebida servida em um copo alto bem ao lado da minha cadeira vazia, e ali, sentada à mesa, estava Edith Jarosky, prestando atenção na cantora em cima do palco. Ela havia esperado por mim. Dei uma olhada em meu relógio de pulso. Eu estava quarenta e cinco minutos atrasada e mesmo assim ela havia esperado.

Edith usava um paletó risca de giz com ombreiras angulosas e elegantes e seu cachecol estava cuidadosamente pendurado no encosto da cadeira. Havia apenas um último gole de Bourbon em seu copo; por pouco eu não a encontraria mais ali. Edith tinha o pescoço à mostra e o cabelo preso em um emaranhado de cachos que eu ansiava por desmanchar.

Edith. Parei para observá-la de perfil, para admirar a forma como ela pegava o copo pesado para o último gole, analisando a bebida no fundo, bebida na qual ela tinha se demorado, esperando por mim. Fiquei onde estava. Queria aproveitar o momento para vê-la, para alimentar minhas lembranças dela, para sentir profundamente a dor e a beleza que era observá-la antes de conter todos esses sentimentos e pôr um sorriso no rosto...

Ela virou a cabeça e olhou diretamente para mim. Sorria. *Sorria.* Mas enquanto eu olhava para ela e ela para mim, percebi o vislumbre de algo na sombra de seu rosto. Meu coração deu um salto. Em minha mente, uma porta de metal se fechou. Sorria. Sorria.

Edith acenou e eu me aproximei, indefesa como um peixe no anzol, mas feliz, muito feliz por ter sido fisgada. Ela pousou a mão sobre o tampo polido do balcão e coloquei a minha sobre a dela, entrelaçando nossos dedos.

Amo você, Edith. Amo tanto você. Repeti o pensamento até que ecoasse em meus ouvidos.

— Está atrasada.

— Me desculpe, linda.

Eram quarenta e cinco minutos a mais que eu poderia ter ficado com ela se não tivesse me ocupado com o caos daquele trabalho. Eu não precisava dos cinquenta dólares, já tinha o suficiente guardado. O suficiente para manter Edith por algum tempo.

Mas eu queria mais.

Ela se inclinou e me deixou sentir o gosto do bourbon em seus lábios.

— Está com cheiro de fotografia. Conseguiu um trabalho?

— Uma consultoria.

— É mesmo? — Seus olhos se iluminaram, animados. — Objetos ou pessoas?

— Só dor de cabeça, linda. Vou recusar. — Engoli um gole de bourbon e Coca-Cola e deixei meu copo vazio ao lado do dela. A bebida desceu quente e aveludada e eu me levantei. — Essa não é a nossa música?

Edith sorriu para mim por entre os cachos castanho-claros.

— Você diz isso de todas as músicas românticas.

— Porque são todas nossas. Vem. Dança comigo.

Ela deixou que eu a puxasse para o pequeno espaço em frente ao palco. Joguei um beijo para srta. Francine, que o apanhou no ar sem perder o ritmo, e depois me voltei para os braços de Edith.

Nós dançamos na noite em que nos conhecemos, quando Edith ainda tropeçava ao conduzir. Na noite seguinte ela quis dançar também, e em todas as noites que passamos no Wink depois disso. Ela me levou em um giro e eu voltei para seus braços, como se fosse mais natural do que respirar.

— Tenho uma coisa para contar. — Edith parecia animada com as novidades e exibia um sorriso largo. — Tem uma vaga aberta na KSAN. O gerente da estação me ligou.

A vida de Edith era uma série de telefonemas e identificadores de estação que eu mal conseguia entender, mas eu conhecia aquele.

— Lá de San Francisco?

O sorriso dela brilhava mais do que os lustres.

— É exatamente o que nós queríamos. Se eu aceitar o trabalho, começo daqui a um mês.

Um mês. Isso ia doer. Eu quis ir para o oeste anos antes, mas não tínhamos dinheiro suficiente. Edith tinha um bom emprego na WMAQ como engenheira de som — era a única mulher nesse cargo no estado inteiro. Ela não se mudaria para outra cidade para começar do zero como telefonista ou datilógrafa responsável pelo café e eu nunca pediria isso a ela. San Francisco era nosso lugar dos sonhos, mas permanecemos em Chicago, onde podíamos bancar o aluguel.

Só que agora o universo parecia estar conspirando a favor. Agora ela podia ir.

O sorriso de Edith desapareceu. Ela mordeu o lábio e deixou os ombros caírem.

— Achei que você ficaria feliz.

Segurei o queixo de Edith e o beijei, bem em cima da covinha que eu adorava.

— Exatamente como sempre sonhamos, linda. É uma notícia maravilhosa. Você está interessada no emprego?

— É claro que sim. Mas... você tem um pouco de dinheiro guardado, não tem?

Eu tinha cinco mil dólares no cofre.

— Estou economizando para emergências.

Ela umedeceu os lábios com a língua e continuou.

— Pensei que você poderia procurar emprego em alguma empresa de seguros por lá. Algo fixo, estável.

— Nós poderíamos comprar uma casa. — Me esforcei para que meu sorriso fosse convincente. — Nossa versão da casa nas montanhas.

O plano era de mentira, mas o desejo era real. Uma casa na cidade onde pessoas como nós construíam seus lares, onde podíamos passar despercebidas. Ela estava pronta para tudo o que havíamos sonhado juntas em momentos só nossos.

Ela receberia cada centavo que eu havia guardado no cofre. Cada centavo. E meu grimório, por mais estranho que fosse dar aquilo como presente. Mas se existia alguém que poderia fazer bom uso dele, essa pessoa era Edith.

— Você está tentando fingir animação. Por mim. — Um sorriso cauteloso surgiu em seu rosto, mas as sobrancelhas preocupadas permaneceram erguidas. — Você não quer ir?

— Não existe outro lugar no mundo onde eu preferiria estar.

Dançamos embaladas pelo nosso sonho. Nossa casa de telhado íngreme, equilibrada na rua inclinada. Nossos carros estacionados lado a lado, todas as noites dormindo em nossa cama, todas as manhãs com café e suco de laranja, minha vez de queimar a salsicha do café da manhã.

Continuei pensando na casa.

— É exatamente o que queríamos.

Edith olhou para mim outra vez, parecendo prestes a falar alguma coisa.

Passei meus dedos sobre a tensão em seu ombro. Nós nos viramos nos braços uma da outra, com todo o universo bem ali.

— Está pronta para ir embora de Chicago? É muito longe da sua família.

Edith demorou tanto para falar que eu estava prestes a retirar a pergunta, então ela finalmente respondeu, e seu tom suave me deixou em alerta.

— Mês passado, Lila perguntou ao pai se ela poderia ajudar a tia Edith a arranjar um marido. Luka se resumiu a ficar olhando para parede. Durante o jantar de domingo, minha mãe perguntou se eu não tinha conhecido um rapaz bacana no trabalho. Na quarta-feira, Sara me arrastou até a igreja de Santo Estanislau porque queria me apresentar um rapaz depois da missa.

Acariciei a bochecha dela.

— Ah, Edith.

Ela parecia prestes a se desmanchar em lágrimas.

— Eles não vão desistir, Helen. Sei que eles são minha família, mas não aguento mais isso.

Edith não precisava dizer mais nada. Eu daria isso a ela. Eu daria o mundo se pudesse, qualquer coisa que ela desejasse.

— Aceite o trabalho, meu amor. Aceite. Esta cidade não merece você.

Ela fungou. Seus olhos brilharam.

— Então vamos para San Francisco?

— Não há nenhum outro lugar onde eu preferiria estar.

Ela se aproximou, dançando mais perto e encostando a bochecha na minha.

— Vou sentir falta daqui.

Eu também.

A música parou e nós aplaudimos. Moira foi até a frente do palco e, com a campana de seu trompete brilhando sob a luz esfumaçada, tocou três notas longas antes de o piano e o baixo retomarem a melodia. A srta. Francine desceu as escadas do palco segurando um gim-tônica na mão coberta de anéis de safira e piscou para mim antes de se deixar guiar por sua mais recente pretendente até o camarote onde ficavam as artistas, deslumbrantes com suas pedras falsas, bochechas rosadas de blush, brilhantina e camisas engomadas.

— Helen. — Edith deu um passo para trás, puxando minha mão. — Vamos embora. Me leve para casa.

— Não quer dançar mais uma?

— Botamos algo para tocar quando chegarmos em casa — ela respondeu. — Quero conversar.

4

Caminhamos lado a lado. A neve que o vento carregava salpicava nossos rostos como suaves beliscões. Duas mulheres saíram de uma farmácia vinte e quatro horas e atravessaram a rua gelada até um carro branco. Alguns se perguntariam por que aquelas mulheres estariam em uma farmácia no Loop tão tarde, mas eu sabia que aquele lugar vendia drogas.

Edith balançou a cabeça.

— Pobrezinha.

Olhei para ela.

— Hm?

Ela apontou para o carro que agora se afastava.

— O marido dela nunca está satisfeito com nada.

Edith tinha o dom de captar pensamentos perdidos. Ela ouvia trechos de conversa como se fossem ruídos de transmissão de rádio. Eu não tinha o mesmo dom, então não podia ensiná-la a sintonizar e ouvir por mais de um segundo.

Ted teria conseguido. Afastei esse pensamento o mais rápido que pude.

— Ele bate nela?

— Não. Ela faz de tudo para deixá-lo feliz, mas ele só sabe reclamar.

— Que triste.

Levantei a mão e acariciei as costas de Edith. Outra pessoa talvez julgasse aquela mulher por ser covarde demais para mudar a própria vida, mas Edith não fazia isso. Era dona de um coração enorme, que embora já tivesse sido ferido ainda transbordava amor. Nunca vou entender como ela acabou ficando comigo, mas graças a ela os dois últimos anos haviam sido uma música sem fim.

— Está carinhosa — observou Edith.

— Sim. Isso me mantém aquecida nesse vento horroroso.

— Estamos sozinhas agora — disse ela, me dando um empurrãozinho amigável com o ombro. — Por que não quer aceitar esse caso?

Edith adorava saber sobre meus casos e enigmas. Até mesmo as histórias enfadonhas de trabalho braçal, investigação e as horas escondida com uma câmera a interessavam. Às vezes, ela aparecia com uma solução que eu mesma não tinha enxergado em meio a um nó de fatos e pistas que se recusava a ser desatado. Admito que eu não contava as partes perigosas para evitar que ela se preocupasse.

Mas não dessa vez. Ela precisava saber.

— É o Vampiro da Cidade Branca.

Suas sobrancelhas se ergueram.

— Arcanjo Miguel nos proteja.

Eu a apertei com mais força.

— Esse é só o apelido que a imprensa deu a ele, querida. Vampiros não existem.

— Bom, fico aliviada, mas por que ele é chamado assim?

— Aposto que a polícia tem esse fato bem claro — respondi. — Eles limparam a cena do crime até o último fio de cabelo, então você não pode dizer nada a ninguém.

Edith fez o sinal da cruz na altura do coração.

— Conte logo.

— Estava tudo coberto de sangue — contei. — Imagino que seja da vítima. O Vampiro desenhou sigilos por todos os cantos. Nas paredes, inclusive.

— Sangue? — repetiu Edith. — Sigilos? Isso é magia maligna?

— Aham. E diferente de tudo o que eu já vi. É... doentio, linda. Eu não quero me envolver com ninguém que seja capaz de matar outra pessoa por poder, por mais instigante que seja o quebra-cabeça.

— Quebra-cabeça? — perguntou Edith. — Você está interessada.

— Não. Nem pensar. Não vou me meter nisso. Tirei algumas fotos e ponto final. Acho que estraguei uma delas quando a lua reapareceu.

— Posso dar uma olhada, talvez eu consiga salvar alguma coisa. Quando vai se encontrar com sua cliente?

— Ela marcou uma reunião para amanhã, no café da manhã.

Edith sorriu e cutucou minhas costelas com o cotovelo.

— Ela é bonita?

— Deslumbrante. Misteriosa, sempre de batom, pernas compridas.

O vento batia em nossos rostos quando viramos na Washington. Edith curvou os ombros e cobriu o nariz com o cachecol.

— Mas...

Ela suspirou e eu me virei para olhá-la.

— O que foi, linda? Fala.

— Se você não aceitar, quem vai? Ninguém mais faz o que você faz.

Nisso Edith tinha razão. Quem via de fora costumava deduzir que eu espionava maridos infiéis com a minha câmera. E de fato era o que eu fazia antes de assumir os negócios de Clyde; eu já tinha quitado um ou outro aluguel com casos de adultério. Mas eu contava também com uma clientela secreta disposta a pagar muito bem pelos serviços de uma mística treinada pela Irmandade. Quando as coisas apertavam, eu dava alguns telefonemas para oferecer meus serviços a quem pudesse precisar de ajuda para calcular o momento ideal para operações de magia. Meus melhores clientes sempre estavam cheios de tarefas do tipo para as quais não tinham tempo, e era assim que eu conseguia pôr comida na mesa.

Mas então Marlowe apareceu. Seus trabalhos, além de bem remunerados, eram muito interessantes. Uma vez eu até andei de avião, tudo bancado por ela. Eu não sabia o que Marlowe fazia com os objetos que eu encontrava ou com as pessoas que eu rastreava. Ela nunca me contou. Mas isso não era incomum. As pessoas queriam acumular poder e conhecimento e proteger o que era seu dos demais. A Irmandade da Bússola...

Droga. Ted estava envolvido no caso. Ele estava vigiando o local da morte de Rouxinol e a Irmandade não faria isso se não houvesse algo importante em jogo. E se a Irmandade estava metida com aquilo, qualquer mago espertinho mantinha distância.

Mas Ted poderia estar em apuros e eu não estaria lá para protegê-lo.

Edith tocou meu ombro.

— Você está cabisbaixa.

— Me desculpa, linda. Vou me animar assim que entrarmos.

Edith já estava batendo os dentes quando destranquei a porta da frente do Edifício Confiança. Ela se apoiou no radiador para esperar a descida das cabines do elevador até o andar principal, onde nos pegariam para nos levar ao décimo quarto. Que, na verdade, não é o décimo quarto, mas ninguém menciona a ausência do décimo segundo andar.

Uma cabine de ferro forjado nos conduziu a um corredor de mármore italiano encardido e portas de mogno sujas, cheirando a Darjeeling de qualidade. Edith pegou a chave antes de mim, abrindo o 1408.

Os dias de glória do Edifício Confiança tinham ficado para trás. Ele já fora uma das principais construções do Loop, mas seus escritórios se esvaziaram na Grande Depressão e as coisas nunca mais voltaram a ser como antes. Eu dividia o andar com um vizinho que tinha uma empresa de exportação de chás, razão pela qual o ar estava sempre perfumado. Ele quase nunca dava as caras, muito menos nos fins de semana.

Fechei a porta depois de entrarmos e Edith me beijou no escuro.

Deixei meu chapéu no que eu imaginei que fosse uma cadeira e a beijei de volta, nossas mãos tateando às cegas na tentativa de tirar casacos, cachecóis e coletes. Deixamos as luzes apagadas e seguimos pela sala de estar iluminada apenas pela luz da lua até o cômodo onde ficavam meus livros e, mais adiante, até o cômodo em que ficava minha cama. As molas do colchão cantavam e Edith também, porque ela sempre foi um pouco como a música.

5

Acordei com uma lufada de ar gelado no nariz. Era o início de uma manhã pálida e, sentada ao lado da janela aberta, Edith parecia reluzir. Havia um pardal na palma de sua mão, corajosamente tentando pegar uma semente de girassol da ponta de seus dedos. Mais um amontoado de pássaros se aglomerava no parapeito da janela, bicando sementes e atrevendo-se a entrar dentro de casa apenas para se aproximar de Edith e pegar comida de suas mãos gentis.

Santa Edith dos Pardais. Minhas mãos coçaram para pegar a Graflex e tentar mais uma vez tirar uma boa foto dela. Eu nunca tinha conseguido — o rosto sempre saia meio borrado, como se ela tivesse se mexido, mudado de expressão ou estivesse prestes a espirrar. Mas, naquela manhã, senti vontade de fotografá-la com os pássaros que tanto a amavam, não importava onde ela estivesse.

Um passarinho com manchas marrons soltou um chilreio ensurdecedor e torci o nariz.

Edith acariciou a cabeça do bichinho com um sorriso.

— Bom dia.

Esfreguei o rosto e bocejei.

— Cedo demais para dizer.

Edith levou os pássaros de volta para fora. Os restos de sementes ficaram espalhados pelo chão ao redor de seus pés longilíneos descalços. Ela bocejou e o roupão bordô se abriu quando ergueu os braços para se espreguiçar.

Levantei os cobertores do meu lado da cama.

— Parece que a manhã acaba de melhorar.

— Você vai se atrasar para a reunião.

— Ainda falta muito.

— É daqui a cinquenta e cinco minutos.

— E você, andando por aí completamente nua. Não tem um sacramento para adorar?

Ela apontou o dedo para mim.

— Vá lavar o rosto e ficar bonita.

Eu estava resmungando por puro charme, já que tinha dormido feito um bebê, quentinha com Edith aconchegada em mim. Era fácil esquecer das preocupações quando estávamos juntas.

Mas tudo voltou quando botei os pés no chão frio. Edith jogou um roupão para mim e peguei o balde de arame com meus produtos de higiene pessoal a caminho do corredor para o banheiro.

Quando voltei ao quarto, Edith já estava vestida, de saia e terninho verde com um lenço de renda despontando do bolso.

— Posso tentar recuperar aquela foto quando você voltar — disse ela.

— Seria ótimo. Vou deixar tudo pronto para você.

Ela roubou um beijo e meus cigarros e saiu para orar diante do corpo de Cristo.

Antes de sair do escritório, entrei na sala escura e peguei o negativo da foto que eu havia tirado de Ted e seu parceiro desagradável. Edith não precisava saber que meu irmão estava na cidade, era mais fácil não mencionar esse fato. Guardei a placa em um envelope e saí, já atrasada para encontrar Marlowe.

Dezenas de pessoas subiam a State a caminho da grande liquidação na Marshall Field's. Compradores atrás das boas pechinchas do North Side se aglomeravam no Joe's Café e parei na farmácia para comprar mais Chesterfields. O balconista fez cara feia, mas acabou me deixando levar os cigarros, talvez pensando que fossem para o meu marido. Comprei dois maços já que

Edith roubaria metade e até a farmácia fechava aos domingos. Guardei-os na bolsa e parei na esquina, esperando pelo semáforo.

State Street. Eu sentiria saudade. Sentiria saudade do xadrez com meu vizinho Kamal, do cardápio do Joe's, sentiria saudade de reclamar do *Tribune* e, meu Deus, como eu sentiria saudade de Edith.

Endireitei os ombros e caminhei até o hotel Palmer House, onde Marlowe morava.

Eu já estivera ali centenas de vezes — bem, noventa e uma, para ser exata. O saguão tinha colunas de sustentação largas e um teto alto e curvado. Passei por luminárias altas de chão que se ramificavam em tochas elétricas, deixando o teto livre para os medalhões pintados. Lancei uma piscadinha para Vênus, para dar sorte, e tentei agir com naturalidade ao caminhar pelo assoalho reluzente.

— Srta. Brandt.

Antoine, o concierge que trabalhava no turno da tarde, estava de sentinela diante do elevador que levava até os andares mais altos, mas deu um sorriso largo ao me ver chegar.

— Marlowe está esperando você. Belo casaco.

— É o mesmo de sempre — respondi, alegre e fazendo charme. — Como está Marlowe?

— Contente — respondeu Antoine. — Suspeito que graças a você.

Não contive um sorriso nem me dei ao trabalho de contrariar as suspeitas sobre as razões que me davam permissão para subir.

— Bom te ver, Antoine. Amos!

Voltei a atenção para o homem negro sorridente que trabalhava no elevador exclusivo da cobertura.

— Bom dia, srta. Brandt.

Eu estava com a moeda na mão antes mesmo de pisar na linha de mármore incrustado que demarcava os limites entre o domínio comum do Palmer House e o elevador de Marlowe. Levantei a palma da mão e a moeda brilhou suavemente.

Amos acenou com a cabeça. Era uma moeda de prata, mas bastaria.

Ele apertou os botões do painel de controle em uma sequência secreta, e a sensação magnética e quente das várias camadas de proteção da câmara do elevador diminuiu. Entrei, tendo o cuidado de colocar os pés no círculo de proteção no centro do piso.

As proteções voltaram com força suficiente para arrepiar os pelos dos meus braços, e seguimos até o topo. Amos estendeu a mão coberta por uma luva branca e eu a segurei, para que me acompanhasse ao cruzar a entrada do elevador e eu pudesse passar ilesa pela armadilha que se ativaria caso eu tentasse fazer isso sem ele. Ele guardou a moeda no bolso e me deixou com Julian. Meus sapatos foram deixados em um tapete antes que o solado emborrachado sujasse o luxuoso carpete branco. Julian pegou meu chapéu e meu casaco, mas deixou minha arma, e me conduziu para dentro dos domínios de Marlowe, guiado pelo som de uma música de Gershwin.

Ela levava a uma sala ampla, com carpete branco, repleta de sofás acinzentados, palmeiras exuberantes e uma vista completa do lago Michigan, com um baluarte de gelo irregular na margem. Era uma vista de um milhão de dólares e, dali de cima era possível olhar cada manhã diretamente nos olhos.

Outro criado surgiu e Marlowe entrou na sala luxuosa com suas pernas maravilhosas. As entrevi pela abertura de um roupão branco como a neve, os tufos de marabu de seus chinelos esvoaçando sobre os dedos pintados de vermelho, combinando com o vermelho das mãos finas e da boca pintada.

Meu Deus, deliciosa. Curvilínea e impecavelmente dourada, com seu cabelo platinado de farmácia e sobrancelhas escuras como asas de gaivota para combinar com as profundezas noturnas de seus olhos, cada centímetro daquela mulher era um convite. Mil navios teriam tido a honra de navegar por ela.

Eu não conseguia imaginar um pardal pousando em seus dedos.

— Helen. — Ela pegou minhas duas mãos e inclinou o rosto para um beijo em minha bochecha esquerda, deixando uma marca escarlate em meu rosto.

— Marlowe. Obrigada por me convidar para o café da manhã.

— O prazer é meu. Vamos aos negócios?

Pus o braço dela sobre o meu e a levei até a mesa. Julian se aproximou empurrando um carrinho com pratos cobertos, champanhe em um balde e um bule de café de aroma inebriante. Segurei a cadeira para ela e depois me sentei, tentando não babar sobre uma xícara que me faria lamentar cada gota de café queimado engolida no Joe's.

Marlowe abriu um guardanapo sobre o colo e acenou com a cabeça para Julian, que ergueu as cloches de prata polida revelando o café da manhã.

— Ovos benedict e Dom Perignon? Boneca, você vai me deixar mal-acostumada.

Uma mecha de cabelo prateado balançou ao lado do rosto quando ela sorriu.

— É um 1929.

— Um ano e tanto.

— De fato. Você ainda era Mística da Bússola, não era?

— Acho que nunca provei um de vinte e nove. Estamos comemorando alguma coisa?

— Pensei que você poderia gostar — respondeu ela. — O que tem para me dizer sobre a cena?

— Durante o café da manhã?

Ela cortou o ovo.

— Eu aguento. Mas experimente o café primeiro.

Tomei o primeiro gole e foi como um afago na alma. O sabor era aveludado e um leve amargor de frutas e flores foi desabrochando na boca à medida que eu engolia. Quando abri os olhos, Marlowe estava me observando como se estivesse prestes a me devorar.

— Adoro ver mulheres bonitas sentindo prazer.

— Então continue olhando, boneca. Vou tomar outro gole.

Mas eu estava me contendo e ela sabia disso. Marlowe espetou uma fatia de laranja com o garfo de prata, fazendo beicinho.

— Bom, vamos lá. Se não quer brincar, fale.

— É um ritual de assassinato diferente de tudo o que eu já vi. Havia glifos que eu não reconheci pintados nas paredes e no chão com o sangue de Kelly McIntyre.

— Para que serviam?

— Não sei.

— Diga o que acha — ordenou ela.

— O sacrifício foi parte do ritual. A energia da morte foi necessária — respondi, e a mera ideia me fez sentir um calafrio. — Mas não parou por aí. O responsável usou o sangue dela para marcar, potencializar e lançar o feitiço.

Pensativa, Marlowe tomou um gole demorado de champanhe.

— E que tipo de feitiço era?

Balancei a cabeça.

— Não faço ideia. Vou coletar o que puder das impressões digitais.

— Mas qual é sua hipótese com base no que viu?

— Eu não cheguei a fazer a predição. O espírito dela já tinha partido — expliquei. — E as fotos são a única coisa que vou fazer. Você vai ter que encontrar outro detetive.

— Impossível — disse Marlowe. — Não há ninguém como você.

— Talvez isso complique um pouco as coisas, então. Mas a Irmandade da Bússola está marcando território no local. Não foi muito divertido ter uma arma apontada para o meu nariz.

— E que tal um incentivo? — Marlowe se inclinou sobre seu prato. — Mil dólares. Em dinheiro vivo.

Mil dól... Veja, eu gosto de dinheiro. Gosto mesmo. A oferta me pegou desprevenida. Mas eu não poderia aceitar o dinheiro de Marlowe. Não seria certo.

— Sinto muito. Não posso.

— Está bem, então. — Ela arqueou a sobrancelha escuríssima e sorriu. De repente, a cor de seus olhos foi de castanho escuro para um vermelho vivo e sobrenatural. Vermelho como as chamas do Inferno. — Mil dólares em dinheiro... e sua alma.

A música se tornou um som distante e abafado. Prendi a respiração temendo perturbar o silêncio e tentei rebobinar aquela cena até vinte segundos antes para ter certeza de que tinha ouvido o que eu achava que tinha ouvido.

Mil dólares em dinheiro... e minha alma.

Engoli o café com muito cuidado.

No passado, eu me arrastava para fora dos escombros de um carro capotado e não parava até estar deitada de costas, ofegante, bem no meio de um cruzamento coberto de neve em Ohio. Flocos de neve pesados caíam sobre meu rosto enquanto eu clamava ao diabo em desespero, suplicando para que minha família fosse trazida de volta, desesperada o suficiente para oferecer qualquer coisa em troca.

Eu supliquei ao diabo e ele me respondeu.

Mas pouco tempo depois perdi tudo outra vez. Ted contou à Irmandade o que eu havia feito e eles me expulsaram e me largaram à própria sorte. E não poderiam ter feito diferente, ainda que eu fosse a melhor mística deste lado do Mississippi. Eu fizera o inimaginável; vender a própria alma era o ato mais condenável em todo o Anathemata — afinal, quem já tinha visto um unicórnio, ou um anjo, quem dirá matado um ou outro?

Fiquei quase um ano trabalhando na cozinha de uma lanchonete com o chefe passando a mão na minha bunda antes de me deparar com o anúncio do Edifício Confiança. Então fui trabalhar para um homem que me ensinou a espionar, arrombar fechaduras e descobrir a verdade. Quando Clyde morreu, continuei pagando o aluguel do escritório e ninguém pareceu se importar.

Mas eu acordava todos os dias sabendo que o dia 13 de janeiro de 1941 seria meu último dia na Terra. Vivi dez anos esperando pelo demônio que me deu exatamente o que eu merecia,

41

e agora ali estava aquela mulher com rosto de boneca, minha maior cliente, sorrindo e me dizendo que o Natal tinha chegado.

Um demônio. Eu deveria ter notado antes. Como não fui perceber? Que tipo de detetive eu era?

Marlowe esperou pacientemente enquanto eu me recompunha. Evitou até mesmo o sorriso presunçoso enquanto eu voltava a mim e tentava agir com calma, recostando-me na cadeira e bebericando o café como se minhas entranhas não tivessem virado gelatina.

— Você comprou a minha dívida?

— Não foi difícil — respondeu ela. — O que me diz? Você quer sua alma de volta ou não?

Levei uma garfada de ovos à boca como se estivesse refletindo sobre a proposta.

— E tudo o que preciso fazer para ter minha alma e ganhar mil dólares é encontrar o Vampiro da Cidade Branca.

Ela levantou a taça de champanhe, agora cheia pela metade.

— Correto.

— É uma oferta e tanto — observei. — Mais as despesas?

Marlowe inclinou a cabeça para trás e riu.

— Certo, Helen Brandt. Fechado.

— Não tão rápido — eu disse. — Tenho algumas condições.

ATO 2

I

Minhas condições eram simples: Não me envolvo em confrontos diretos. Eu encontraria o Vampiro da Cidade Branca, mas, depois disso, a responsabilidade seria de Marlowe. Eu entraria em contato com ela assim que descobrisse a identidade e localização do Vampiro e assim receberia a outra metade do dinheiro e o pagamento que realmente importava.

Minha alma. Minha *alma*. As palavras pulsavam em sintonia com o ritmo dos meus passos e da pulsação alegre do meu coração. Iríamos embora juntas para o oeste, Edith e eu. Poderíamos ter uma vida de verdade juntas. Poderíamos envelhecer lado a lado. Eu nunca me permitira sonhar com algo assim.

Mas agora finalmente estava ao meu alcance algo que todo mundo dava como certo: um futuro. Um futuro com Edith. Era como se eu fosse entrar em combustão ali mesmo, na rua, se me permitisse sentir verdadeiramente a magnitude do que martelava em meu peito. Abaixei a cabeça e sorri, abraçando a mim mesma. Minha alma. Minha *alma*. E mil dólares, com todas as despesas pagas.

Com os quinhentos dólares pesando em minha bolsa, minha vontade era correr até o Edifício Confiança e enfiá-los no cofre. Em vez disso, balancei os braços e caminhei até a State com a Washington, passando pelo prédio na esquina e indo me juntar à multidão que entrava na Marshall Field's para a liquidação. Não fiquei admirando os cristais nem me demorei nas vitrines e mostruários, evitando o caos de mulheres brigando para conseguir todas as peças dos conjuntos de roupa de cama e de banho.

Subi pela escada rolante até a seção de moda masculina no terceiro andar, que não estava muito melhor. Um punhado de esposas vasculhava as pilhas de camisas branquíssimas, examinando as etiquetas para checar o comprimento de colarinhos e mangas. Havia uma placa discreta com os preços e eu mesma estava prestes a me aprofundar em um mostruário — gosto de usar camisa e gravata de vez em quando e Edith fica de parar o trânsito usando terno. Mas eu era movida a tradições. Eu tinha regras, e a primeira era que deveria comprar apenas o que precisasse para a operação que estava por vir.

— Posso ajudar?

O vendedor era tão bonito que era como se um anúncio de revista tivesse ganhado vida. Ele sorriu quando olhei para ele.

— Estou procurando lenços de seda.

Ele parou antes de chegar aos itens em promoção.

— De seda? Cetim ou twill?

— Cetim, por favor.

O vendedor pareceu refletir por um momento, depois comprimiu os lábios.

— Não temos nenhum com desconto. Espero que não seja um problema.

— Tudo bem.

Mais uma regra ao reunir componentes para um encantamento: pagar o preço justo.

Ele voltou a sorrir e pensei que era um desperdício ser um vendedor de loja com um queixo como aquele.

— Por aqui, por favor.

Alguns minutos mais tarde, saí da Marshall Field's com uma caixa de lenços de seda e um recibo para Marlowe. Segui até o lado oposto do Edifício Confiança, passando pelos teatros e entrando no calor úmido do Sunrise Café, que fazia uma comida melhor do que o Joe's mas fechava às três horas.

Sentei-me atrás do longo balcão do bar e pedi um café e um exemplar do jornal. Eles só tinham o *Tribune*, mas aceitei sem torcer muito o nariz. O *Tribune* estivera errado em relação ao New Deal, errado em relação ao projeto de lei de auxílio à guerra e provavelmente erraria em relação a qualquer outro assunto na semana seguinte, mas pelo menos eu não estava gastando dinheiro para lê-lo.

"Senadores apresentam oposição ao projeto de lei de FDR, dizia a manchete. Exigência por controle ilimitado de armas surpreende o Congresso." Tenha dó. Para poupar minha saúde mental, ignorei a matéria e fui direto para os obituários.

Encontrei o que estava procurando. Havia uma foto de Kelly e, logo abaixo, o texto lamentava sua morte tão trágica e precoce, pouco antes de completar vinte e seis anos. Ela saíra da pobreza extrema quando um executivo da NBC a ouvira cantar enquanto lavava pratos em uma lanchonete, quase dez anos antes.

Dez anos. Abri minha bolsa e, com o cuidado de não deixar o dinheiro à mostra, peguei meu bloco de notas e minha caneta. *Kelly McIntyre*, escrevi cuidadosamente no topo da página. *Descoberta entre 1930-1931.*

Quando? Encontrar a data específica significava passar uma tarde no arquivo do jornal. Eu não tinha tempo para isso, mas precisava começar de algum lugar.

Molhei a garganta com uma bebida escura que passava a quilômetros de distância da ambrosia que eu havia bebido à mesa de Marlowe. A garçonete me olhou de relance enquanto eu rabiscava meus pensamentos e passava os olhos pelas manchetes.

Lá estava. *"Beco sem saída para a polícia no caso do Vampiro da Cidade Branca; não há novas pistas sobre o caso."* Li a matéria por alto, mas, como informava a manchete, o texto não trazia novidades e parecia ter sido publicado apenas para manter o assunto em pauta. Depois de anotar os nomes das outras vítimas do Vampiro, estimei algumas datas e paguei duas pratas pelo café, além da gorjeta.

O *Tribune* só dizia besteira quando o assunto era política, mas eles publicavam mais obituários do que qualquer outro concorrente. Levantei a gola do casaco para me proteger do vento e comecei o trajeto em direção às torres góticas da sede do jornal.

2

Bastou uma hora no arquivo do jornal para encontrar as tristes histórias das vítimas anteriores do Vampiro da Cidade Branca: Curtis Johnson, um comerciante cuja linha de gravatas de seda se tornara febre na cena sofisticada da cidade havia dez anos. Antes de seu momento de glória, Johnson estava com dificuldades para pagar o aluguel. Lawrence Hale fora aprendiz de encanador até fundar a *Thrifty Home Digest*, uma revista para mulheres com dicas domésticas e contos seriados envolventes que sempre terminavam em suspense. Ele ganhara tanto dinheiro que comprou uma casa em South Shore para ele e seu amigo de longa data, Lewis Chapman. Adelaide Lamont fora Adelaide Swift até se casar de repente com Tyrone Lamont, um ator de beleza impressionante que dublava *Get Dick Smith* na wgn. Ela trabalhara como costureira dele antes de se casarem. Adelaide morreu no dia 6 de outubro, poucas semanas antes de seu décimo aniversário de casamento. Agora tudo estava claro como água.

Para o inferno com aquilo! Eu estava sendo tapeada. Bem feito para mim, tão estúpida e curiosa. Tive que contar até cem em alemão mentalmente para não xingar em voz alta. Quem mandou ter confiado em um demônio? Eu devia ter previsto que haveria um anzol naquela isca.

Quando se faz um pacto com um demônio, em geral se tem dez anos para desfrutar o prêmio. O castelo no lago teria valido a pena? E vender gravatas da moda, ou se casar com um homem à custa da própria alma?

Talvez. Eu não podia julgar as escolhas daquelas pessoas, não quando eu mesma já fizera a minha. Marlowe, no entanto, sabia muito bem o que esse padrão significava. Eu tinha caído feito um patinho, e era bem feito, já que eu sequer havia pensado em fazer perguntas antes de agarrar a chance de conseguir minha alma de volta.

Tomei algumas notas sobre as vítimas e os locais onde foram assassinadas e deixei o vento me levar de volta para o Loop, rumo ao lago Michigan.

3

Um bom concierge é capaz de sentir cheiro de encrenca assim que as portas da recepção se abrem, e eu certamente exalava esse cheiro quando apareci no saguão do Palmer House. No momento em que ouviu o barulho dos saltos nos ladrilhos brilhantes, Antoine ergueu a cabeça e suas narinas se dilataram. Como se respondessem à reação dele, dois carregadores de ombros largos entraram em cena e bloquearam o caminho para o elevador. Antoine saiu de trás do balcão, educado, mas sem sorrir.

— Como posso ajudá-la?

Puxei as mangas do meu paletó, desamarrotando o tecido.

— Preciso falar com Marlowe.

— Não está na lista de compromissos dela, madame.

Aquele não era o tom açucarado e dócil que ele usara quando cheguei naquela manhã para comer ovos e tomar champanhe. Eu estaria em maus lençóis se não dissesse a coisa certa.

Olhei de relance para o relógio. Ainda estaríamos na hora de Vênus por mais três minutos. Era hora de botar para quebrar. A imagem dela estava pintada no teto, logo acima da minha cabeça. Atraí seu poder e me enrolei nele como se fosse uma estola. Levei a mão ao quadril, dando uma requebradinha para o lado.

— Sim, sei que não — concordei com uma risadinha, com as palmas das mãos abertas e à mostra. — Mas estive aqui hoje de manhã, lembra? Pois bem. Esqueci uma coisa na suíte de Marlowe que preciso buscar o quanto antes. Posso telefonar para ela daqui? Ou deixar um bilhete, caso ela não esteja recebendo ligações. Julian vai saber dizer.

Eu disse a última frase com um sorriso e um leve empurrãozinho mental. Eu não era boa em encantamentos de sedução, mas tinha lábia suficiente para fazer aquilo dar certo. O concierge acenou com a cabeça e sua expressão se suavizou.

— Posso mandar um recado, se desejar.

— Ah, como você é gentil. Um doce.

Eu vira brevemente algumas das garotas de Marlowe ao longo dos anos. Ela gostava de mulheres bonitas, com um quê de exótico, e acho que eu me aproximava o suficiente daquele padrão para que Antoine acreditasse nisso. Ele me trouxe um papel timbrado e um envelope, e dei o melhor que pude para fazer um beicinho enquanto colocava minha Waterman sobre o papel para escrever:

Marlowe,

Precisamos conversar, querida. Há uma coisinha que você parece ter esquecido de mencionar quando me contratou. Não precisa ter pressa, estarei esperando.

Helen

Tirei um frasco do Evening in Paris da bolsa, empurrando o maço de notas para o lado, pinguei uma gota no papel e rabisquei um coração em volta. Antoine apanhou o envelope perfumado e me conduziu até uma poltrona macia no saguão antes de entregar a mensagem nas mãos de Amos.

Me acomodei na poltrona de almofadas fofas e, enquanto esperava, murmurava salmos de maneira quase inaudível, enviando cada sílaba diretamente para o vigésimo quinto andar. Cheguei até *"Teus decretos são tema de minhas canções em minha peregrinação"* antes que as portas do elevador se abrissem e Amos acenasse para mim.

Fiquei em silêncio enquanto o elevador nos levava até o topo e apertei sua mão enluvada antes de pisar no carpete branco como a neve pela segunda vez naquele dia. Acompanhei Julian e juntos passamos pela sala do piano com as janelas enormes e pela sala de estar onde costumávamos tomar gim gelado. Depois seguimos por um longo corredor, nos aprofundando em uma parte do território de Marlowe que eu ainda não conhecia. Senti o cheiro de rosas e água morna quando uma porta se abriu e Julian me conduziu a uma sala de banho digna de um imperador romano.

O ar quente e úmido acariciou meu rosto. Ao ouvir o som de respingos, dei meia-volta e vi uma enorme banheira quadrada — na verdade, não; aquilo era grande demais para ser chamado de banheira, mesmo estando cheio até as bordas e transbordando espuma. Vasos com rosas vermelhas frescas cercavam o banho de Marlowe com um perfume tão forte que eu conseguia sentir o sabor em minha língua. Mergulhada em uma nuvem de espuma, lá estava ela, com as sobrancelhas cuidadosamente arqueadas e um ar irritado.

— Eu detesto esse salmo — reclamou Marlowe.

Dei de ombros.

— Imagino que deteste todos eles.

Ela fez beicinho e pegou uma taça de champanhe meio cheia. Um amontoado de bolhas com aroma de rosas se dispersou e revelou a água cor-de-rosa.

— Bem, já que está aqui, desembuche. O que está tirando seu sono?

— Você ferrou comigo — respondi, e apesar de Marlowe ter revirado os olhos como quem diz *Jura mesmo que você está surpresa, querida?*, continuei a falar. — Todas as vítimas do Vampiro da Cidade Branca tinham vendido a alma. Isso não passa de uma guerra de território, não é? Você me meteu no meio de uma disputa territorial.

Marlowe piscou preguiçosamente.

— Você descobriu rápido. Sim, isso mesmo. Aquelas almas eram minhas. E não me agrada que tenham sido tiradas de mim.

— Então me dê uma pista, pelo menos — pedi. — De quem é a próxima alma?

Marlowe tomou um gole do espumante.

— Querida, você é mais inteligente do que isso. A próxima alma é a sua.

Fiquei em silêncio por um momento. Qual era o meu problema? Eu já sabia a resposta. O que me afligia era minha esperança, e estendi a mão tão depressa que não pensei em mais nada. Marlowe me oferecera a única coisa pela qual valia a pena arriscar tudo. Eu não conseguiria recusar, ela sabia disso tão bem quanto eu, mas poderia ao menos ter tido a decência de me avisar.

Mas tudo nessa vida é negociável. Marlowe precisava de mim. Eu já a convencera a pagar pelas despesas do trabalho; por que não tentar algo mais?

— Então você não pode me arrastar lá para baixo na data prevista. Quem vai encontrar seu concorrente se eu não estiver aqui, gastando a sola dos sapatos?

— Considere isso um incentivo.

Marlowe levantou uma perna. Bolhas de sabão escorreram por sua coxa quando ela se esticou para abrir a torneira de água quente com os dedos dos pés, que tinham as unhas pintadas de vermelho.

— Agora que você sabe que as vítimas do Vampiro não têm alma, está muito mais perto de pegá-lo.

— Porque ele virá atrás de mim.

— A isca mais bonita que já vi. — Marlowe levantou a taça em um gesto de saudação. — De certa forma é um alívio, não? Faz você se concentrar no que importa de verdade.

— Não consigo lidar com um demônio.

— Mas, querida, não foi o que pedi para você fazer. — Ela puxou um cigarro fino e comprido de uma tigela de cristal e o encaixou entre os lábios. A ponta se acendeu sem nem mesmo um movimento de sobrancelha, e ela sorriu para mim atrás de um véu de fumaça. — Você encontra o Vampiro da Cidade

Branca ou ele encontra você. Quando isso acontecer, você vai me chamar e eu vou correndo. Prometo.

— *Promete?* — repeti incrédula e com a voz embargada.

— Jura de pés juntos, mesmo? Como posso confiar que você vai aparecer?

O sorriso de Marlowe desapareceu. No mesmo instante, minha garganta se fechou e minha visão se escureceu. Tentei respirar fundo, mas algo cruel comprimia meu peito.

— Não questione minha palavra, Elena Brandt — ameaçou Marlowe com a voz suave. — Não gosto nem um pouco disso.

Ela assistiu enquanto eu me debatia por cerca de dez segundos antes de me soltar. Meus joelhos cederam e desabei sobre o mármore perolado com um baque doloroso. O ar chiou pela minha garganta e encheu meus pulmões. Puxei o ar mais uma vez, levando as mãos ao peito, e reprimi o soluço que se agitava em minha garganta; eu morreria antes de deixar que ele escapasse.

— Entendido — ofeguei. — Obrigada por esclarecer.

— Não volte aqui sem avisar antes. — Ela bebeu o último gole de champanhe, mas pela expressão não estava contente. — Julian vai acompanhá-la até a porta.

4

Malditos demônios. Fui caçar problemas e encontrei. Gananciosa. Tola. Ingênua. Enxerida. Eu me repreendi por todo o trajeto de volta pela Washington Street e ainda estava resmungando quando entrei no elevador até meu escritório.

Abri o cofre antes mesmo de tirar o casaco e guardei o dinheiro na prateleira junto com o restante das minhas economias. Depois peguei uma caixa de madeira da prateleira de baixo e a levei até a mesa.

Malditos, todos eles.

Voltei ao andar principal e revisitei todas as minhas proteções. Posicionei armadilhas sobre armadilhas, dispondo escudos e alarmes e pequenas surpresas desagradáveis por todos os cantos. Eu precisava de um lugar seguro, e aquele prédio era excelente. Meus braços doíam quando voltei para o escritório, misturando yarrow e absinto em uma panela sobre o fogão elétrico que Edith jurava que causaria um incêndio um dia. Pintei todos os lenços da caixa, embora provavelmente só fosse precisar de um.

Edith chegou quando eu estava carregando a arma. Ela parou e mordeu o lábio, observando, enquanto eu trocava o chumbo comum por algo mais potente, cortesia da caixa de madeira.

— Você se meteu em problemas.

Olhei para ela.

— Não, linda, está tudo bem.

Ela olhava para as balas como se pudessem saltar da caixa e atacá-las ali mesmo.

— É muito grave?

Ela não se aproximou. Eu gravara cada uma daquelas balas com marcas tão minúsculas que mal respirei ao fazê-las. Cada uma delas estava repleta de sigilos e símbolos, marcações equilibradas para que minha precisão não fosse prejudicada na hora de atirar. Eram artefatos de magia, pequenos instrumentos da morte, e eu tinha certeza de que funcionariam.

Inseri uma no cilindro e forcei um sorriso.

— Quero que você fique aqui neste fim de semana. Neste prédio. Não quero nem que olhe pela janela. Eu protegi este escritório até os ossos, não há lugar mais seguro na cidade inteira.

Edith fechou os olhos.

— Pensei que você fosse recusar o trabalho.

— Eu também pensei — respondi. — Mas eu já estava nele. Pode ficar aqui?

— Não posso perder a missa, tenho que...

— Estou lidando com demônios — interrompi. — Estou metida em uma guerra territorial demoníaca.

Ela fez o sinal da cruz.

— Como assim, demônios? Quando isso passou a ter a ver com demônios?

— Há um padrão nas vítimas. — Peguei outro revólver sobre a mesa. — Cada uma delas obteve um tipo particular de sucesso cerca de dez anos atrás. Fizeram pactos com um demônio, mas suas almas estão sendo ceifadas pouco antes da hora em que deveriam pagar a dívida.

Edith mordeu o lábio e desviou o olhar.

— E o seu cliente se preocupa com isso. Por quê?

Eu nunca minto para Edith, não a menos que seja extremamente necessário.

— Porque Marlowe é um demônio. São as almas dela que estão sendo roubadas.

Edith bateu nas coxas com os punhos cerrados.

57

— Eu não deveria ter pressionado você. Você tinha razão quando não quis aceitar esse trabalho. E eu... Como eu posso ajudar?

Fique longe de confusão. Por favor, Deus, mantenha Edith em segurança enquanto cuido disso.

— Se eu soubesse disso tudo hoje de manhã, teria pedido para que trouxesse água benta. Estou quase sem.

— Agora é tarde demais para desistir, não é?

Não era uma pergunta — a voz dela estava tão certa quanto a morte. Havia culpa e medo estampados em seu rosto e parei imediatamente o que estava fazendo para abraçá-la. Ela se agarrou a mim como se eu estivesse prestes a desaparecer no éter.

Quando ela relaxou, eu a levei até a escrivaninha.

— Se tiver que sair, precisa se proteger. Pode levar meu revólver reserva?

Ela comprimiu os lábios e lançou um olhar aflito para as balas.

— Preciso mesmo fazer isso?

— Não, não precisa, mas vou me sentir mais tranquila se você fizer. Demônios podem causar danos colaterais. Pegue uma cadeira, vou ensinar você a usá-la.

Edith puxou um banco giratório que estava no canto e se sentou ao meu lado, ainda longe das balas, mas perto o bastante para conseguir vê-las.

Peguei uma delas para mostrar a gravação na ponta.

— Cada uma dessas balas foi forjada em ferro em vez de chumbo, mas não um ferro qualquer. Esse material veio de um meteoro. As balas foram temperadas em uma infusão de erva dos anjos, galanga e arruda. O ritual precisa ser feito em um sábado, durante a hora de Marte, sempre na lua nova, claro...

Edith reprimiu um sorriso.

— Está fazendo aquilo de novo.

— Desculpe, linda. Tudo isso significa apenas que elas servem para conter demônios. Eu uso uma arma de baixo calibre para que a probabilidade de o projétil entrar e sair seja menor. Só assim a bala cumpre seu trabalho.

— Eu odeio armas e você está me pedindo para sair por aí com uma.

— Eu sei. Mas se você estiver desprotegida e algo acontecer... Edith suspirou.

— Tudo bem. Pode carregá-la para mim?

Ela sabia carregar uma arma, eu já a ensinara, mas eu não ia forçar a barra. Peguei um projétil e o inseri na câmara, depois outro, depois outro, até que todas estivessem cheias. As balas reluziam, cada uma gravada com o encantamento que seria ativado assim que disparadas.

Eu acreditava que funcionariam, mas era impossível dizer com certeza. Eu nunca havia atirado em um demônio, esse plano tinha sido descartado cinco anos antes.

— Se você tiver que atirar, atire com vontade, está bem? Não pare no primeiro disparo. Continue até gastar as seis balas, aponte e atire até ficar sem nada. Eles precisam morrer de verdade.

Edith segurou o revólver com a ponta dos dedos, nitidamente a contragosto.

— Que coisa repugnante.

Eu me odiava por tê-la metido naquela situação.

— Eu sei, meu amor, mas é perigoso demais. Eu tiraria você da cidade se pudesse.

— Eu não iria e você sabe muito bem disso. — Ela pegou a bolsa e abriu espaço para a arma, mas se atrapalhou ao prender o fecho. — Não posso correr o risco de deixar alguém do trabalho ver essa coisa.

— Vai ser um pouco complicado tirar a arma da bolsa, mas tudo bem. Fique com ela o tempo todo, ok? — Segurei Edith com o polegar sobre a covinha profunda bem no meio de seu queixo e virei seu rosto para mim. — Isso pode salvar sua vida.

Ela me lançou um olhar de puro arrependimento.

— Eu não sabia. Não sabia que ia ser tão perigoso...

Eu a beijei para interromper suas palavras.

— Está tudo bem. Vai ficar tudo bem. Venha ver as fotos, preciso da sua ajuda com a última que tirei. Depois vamos ao Joe's comer alguma coisa enquanto elas secam; o que acha?

Ela fungou e assentiu.

— Tudo bem. O que aconteceu com a foto?

— A lua apareceu bem na hora.

Tentei afastar os pensamentos do que aconteceu depois, da expressão nos olhos de Ted quando me disse que a vida dele não era da minha conta. Então me concentrei na preocupação que sentia, entoando mentalmente, *Por favor, não deixe que nada aconteça com ela*, a fim de dispersar outras lembranças.

— Ei — disse Edith. — Vou ficar bem. Tenho você comigo.

— Sim. Não há prédio mais à prova de demônios em Chicago nesse momento, eu acho. Tem um versículo que você provavelmente não aprendeu na aula de catecismo; vou ensiná-lo. Vai ajudar sabê-lo de cor.

Ela encaixou um dos meus Chesterfields entre os lábios e o acendeu.

— Vamos lá.

— Repita comigo: *Eu o exorcizo, espírito maligno...*

5

Edith já fotografava antes de nos conhecermos e usava um quartinho apertado na casa dos pais para revelar as fotos de família, mas preferia minha sala por ser mais espaçosa. Ela tragou até o último centímetro de seu cigarro e estendeu a mão para pegar o negativo. Eu o entreguei e ela o segurou contra a luz, apertando os olhos em meio à fumaça.

— Não está tão ruim. Vamos ver o que dá para fazer. Quer que eu imprima o resto também?

— Sim, por favor.

Ela apagou o cigarro e puxou a corrente da lâmpada para apagá-la, mergulhando nós duas no escuro por um momento antes que a outra lâmpada se acendesse.

— Me dê o papel.

Lá estávamos nós, trabalhando juntas sob a luz vermelha. Era como se ela fosse a ilusionista e eu a assistente, desempenhando nossas tarefas lado a lado com a harmonia de quem trabalhou assim por anos.

— Tempo — disse ela, e eu girei o cronômetro enquanto ela afundava a 8×10 no banho.

Edith preparou a foto seguinte enquanto eu observava a imagem que se revelava aos poucos. Funcionávamos como um relógio. Eu lavava as impressões e as pendurava enquanto ela cronometrava o tempo dos banhos com a mesma precisão dos rituais que eu já testemunhara na Irmandade.

Edith parou em uma foto, observando as sombras e a luz se transformarem na cena do ritual com seus sigilos sangrentos.

— Esse sangue era dela?

— Sim.

— Esse encantamento é estupendo, Helen. Não é preciso ser da Irmandade para enxergar isso.

Talvez eu devesse ter ensinado magia a ela. Talvez ela se sentisse confortável para aprender agora que tínhamos tempo.

— Você teria sido uma boa mística, sabia?

Ela fez um gesto no ar.

— Eles não aceitam mulheres que não tenham familiares homens na ordem, você mesma disse.

Era verdade.

— Mas seu pai tinha um certo dom. Se ele estivesse no período de Varsóvia, você teria começado a treinar antes da adolescência.

— Não importa. Esse meu talento acaba sendo útil. Além do mais, você pode me ensinar, não pode?

Sim, eu poderia. Começaríamos com cálculos mágicos e tarô. Eu ensinaria a ela tudo o que eu aprendera e inventara. Ainda teria muitos anos pela frente se conseguisse terminar esse trabalho e...

Calma. Como diabos eu iria encontrar o Vampiro da Cidade Branca, afinal? Tudo o que eu sabia era que ele era um demônio, e como encontrar um demônio em Chicago se nem Marlowe conseguia fazer isso sozinha?

Não. É claro que ela não esperava que eu fizesse isso. Teoricamente, meu último dia viva seria segunda-feira, o que significava que o prazo dele era o mesmo que o meu. Se eu não encontrasse o Vampiro, ele com certeza me encontraria.

O cronômetro apitou. Tirei a impressão do banho de paragem e a enxaguei. Edith começou a trabalhar na última foto, atenta.

— Mas se meu pai tivesse sido da Irmandade, se eu tivesse sido treinada como mística... será que teríamos nos conhecido? Será que seríamos...?

Se ela fosse Mística da Bússola, não ia querer me ver pintada de ouro porque saberia o que fiz para ser expulsa. Ela jamais olharia para uma feiticeira da forma como me olhava agora — como se eu fosse a melhor coisa do mundo, de uma forma que eu não merecia.

— Helen. — Ela estendeu a mão para acariciar minha bochecha. — Olhe para mim.

Era um deleite olhar para ela. Eu ainda não tinha me acostumado com a expressão tão suave e doce em seus olhos.

— Você é maravilhosa, querida. Não deixe que ninguém ponha você para baixo. Todos eles podem ir para o inferno. Está bem?

Edith... Ah, Edith. Ela acreditava em mim e eu jamais conseguiria expressar o quanto eu precisava daquilo.

— Sim, está bem.

Edith sorriu e me entregou a foto.

Era a última, e ela se posicionou à minha direita para cuidar da lavagem. Quando a foto estava pendurada no varal para secar, ela se pôs a analisá-la, a testa franzida. De repente a postura de Edith mudou por completo, o que imediatamente me deixou alerta. Ela inclinou a mandíbula para a frente e era como se uma tempestade se formasse em seu rosto. Ela tinha a sobrancelha franzida, os olhos apertados, e sulcos profundos se formaram nos cantos de sua boca. Eu nunca vira Edith daquela forma. Ela parecia...

Furiosa.

— Edith?

Nada.

Chamei mais alto.

— Edith?

Ela se sacudiu e virou para mim com um sorriso.

63

— Desculpe. Me distraí.

— Eu percebi.

Edith inspecionou cada uma das fotos, caminhando ao longo do varal de secagem e mordendo a bochecha por dentro.

— Isso não está me cheirando bem — disse ela. — Nem um pouco.

— Bom, então nós concordamos. Mas você não precisa ver essas coisas... Ei! Aonde está indo?

Ela abriu a porta e a luz do lado de fora invadiu a sala escura. Um instante depois, Edith estava no cabide pegando o chapéu.

— Tenho que voltar para a igreja.

— Por quê? — perguntei, seguindo-a para fora da sala.

Ela tocou a têmpora e enrolou o lenço no pescoço.

— A sra. Kowalski teve um imprevisto. Vou substituí-la no sacramento.

— Você de repente se lembrou da sra. Kowalski e está indo embora?

— Helen — disse Edith, vestindo o casaco. — É o sacramento.

Aquilo era especial para ela. Eu sabia disso, e sabia que ela não conseguia explicar por que era tão importante. E eu sabia também que se tentasse proibi-la de ir, ainda que a ideia de tê-la longe naquele momento me deixasse com falta de ar... Não. Edith era dona de si mesma.

— Você vai voltar?

— Vou. — Ela pendurou a bolsa na dobra do cotovelo. — Se acontecer alguma coisa, te ligo.

— Você decorou o exorcismo?

Ela se aproximou para me dar um beijo.

— Vou trazer um pouco de água benta, está bem?

— Boa ideia.

Eu a segurei por mais um instante. Só mais um beijo.

Edith se afastou em direção à porta, a bainha do casaco esvoaçando no ar.

— Tem certeza de que está segura aqui? — perguntou ela, com a mão na maçaneta.

— Como dois e dois são quatro, meu amor. Preciso fazer outra predição em... — Espiei o relógio. — Vinte minutos. Acho que vou trabalhar na sala escura. As fotos não são tão boas quanto o local em si, mas vão servir.

Parecendo satisfeita com a resposta, Edith saiu e soltou a porta, que se fechou com um clique. Observei sua sombra se afastar através do vidro fosco, escutei a campainha do elevador quando ele chegou e esperei pelo som do carro dando partida antes de voltar à sala para executar o encantamento.

Eu tinha alguns minutos livres e peguei o negativo que havia escondido de Edith, o da fotografia do meu irmão que teria levantado perguntas que eu não queria responder. Embora a foto tivesse sido tirada por impulso, parecia estar razoavelmente boa, então a posicionei no ampliador e passei a imagem para o papel, movida pela reação da prata e por puro sentimentalismo. Enquanto aguardava o processo de revelação, percebi um detalhe e franzi a testa.

Era Delaney. Seu rosto estava desfocado e, por um momento, imaginei que ele tivesse se mexido quando bati a foto, mas quando mergulhei a impressão no banho de parada consegui ver seus olhos com mais nitidez. Tinham um brilho como se houvesse um espelho atrás das pupilas. Eles refletiram o flash da câmera e brilhavam como os olhos de um cervo pego de surpresa por faróis no meio da estrada.

Eu me afastei da bancada e fui até o armário de arquivos, puxei uma gaveta e comecei a vasculhar as pastas até encontrar a que eu procurava, de onde tirei uma foto. Edith, usando um vestido de seda e meia-calça e olhando para mim, segurando um fósforo na ponta de um cigarro meu. Metade de seu rosto estava iluminado pela luz que entrava pela janela e aquela teria sido a foto perfeita não fosse pelos olhos de Edith, que refletiam o flash da câmera como espelhos.

Eu nunca tinha visto aquilo antes de Edith, mas lá estava a foto de Delaney com o mesmo brilho. Por quê?

Lavei a foto e depois a pendurei. Eu teria que escondê-la antes que Edith chegasse, então puxei um banco e liguei o ventilador para acelerar o processo. A folha tremulou com o vento, mas a segurei pela borda inferior para observá-la, esquecendo completamente a predição.

Eu havia tirado aquelas fotografias com o intuito de registrar a cena do crime para estudá-la posteriormente, mas logo depois a lua apareceu e me distraí tanto ao ser interrompida que nem sequer a vi. Mas estava vendo agora.

No chão, bem na extremidade da foto, havia pegadas sangrentas, espalhando o sangue para longe do círculo do ritual — e, apenas alguns metros acima, nos tijolos logo na esquina que daria para o açougue, via-se uma mancha que lembrava uma mão.

O Vampiro da Cidade Branca deixara um rastro.

6

Os cacos de vidro espalhados pelo beco tinham sido varridos e as lâmpadas substituídas, mas eu não precisava tirar fotos hoje. O que eu precisava era de uma amostra do sangue de Kelly McIntyre, então examinei os tijolos com uma lanterna e uma lupa até encontrar. O sangue secara e formara pequenos flocos, por isso precisei grudá-lo à ponta do meu pêndulo com um pouco de gel.

Eu não estudara aquele encantamento tão bem quanto o do sangue luminoso, mas ele era mais simples. Um pouco de sangue no pêndulo e os princípios da magia entrariam em ação, semelhante atrairia semelhante — algo parecido com radiestesia, mas se alguém da Irmandade soubesse disso eu viraria motivo de piada por usar magia popular.

Enfim. Puxei meu gorro de tricô para baixo até cobrir as orelhas, tirei a luva direita com um suspiro e segurei a ponta da corrente.

— Sangue dos que partiram, encontrem o sangue derramado neste lugar.

O pêndulo mal tinha começado a balançar quando a sombra de um homem se desenhou na parede. Escondi a mão atrás das costas tão depressa que alguém poderia pensar que eu estava escondendo algo ilícito. Meu susto inicial triplicou quando Ted surgiu da escuridão.

Soltei um suspiro, me preparando mentalmente. *Vá embora daqui, dirá ele. Saia de perto de mim, sua maldita.* Ele poderia muito bem me denunciar, o que complicaria um pouco as coisas. Mas Ted apenas continuou se aproximando, cada vez mais rápido e chegando cada vez mais perto, até me pegar em seus braços e me erguer do chão, me apertando com tanta força que senti meu coração batendo contra a caixa torácica.

Ted. Meu irmão, distante por tanto tempo e agora me segurando tão perto que eu conseguia sentir o cheiro de sua loção pós-barba e o movimento de seu peito ao respirar. Ted. Ele estava ali, quente e vivo e me apertando com tanta força que tive vontade de chorar — eu senti o choro entalado na garganta. Mas não havia tempo para isso.

— Ai — resmunguei.

— Cala a boca. — Ted continuou me segurando. — Se aquele tivesse sido nosso último encontro eu jamais me perdoaria.

Minha bochecha estava pressionada contra a lã áspera de seu casaco.

— Então você me perdoa?

— Não, eu não perdoo. Mas você é minha irmã. E não deveria estar aqui.

— Eu preciso estar aqui — respondi. — É trabalho.

— É perigoso demais. Já foi difícil impedir Delaney de arrastar você até o Grand Lodge para uma reunião com o Perfeito.

Senti o sangue gelar. Eu já havia comparecido diante dos Perfeitos uma vez, na ocasião em que fui declarada feiticeira e depois expulsa. Não acho que teria a mesma sorte em uma segunda vez.

— Como foi que você o impediu?

— Devo um favor a ele — respondeu Teddy. — Por que não larga o osso? Vai morrer daqui a dois dias.

— Não se eu resolver essa história. Agora que você está aqui, podemos tentar juntos...

Ele me soltou no mesmo instante.

— Não. Você não é mais Mística da Bússola.

68

— Eles não são os detentores de toda a magia do mundo, Ted. Além do mais, criei encantamentos que fariam a Irmandade se esconder embaixo da cama se soubessem o que consigo fazer.

Ted enfiou as mãos nos bolsos.

— Quer dizer que você é uma feiticeira de verdade?

Suas palavras pairaram no ar como pequenas nuvens de gelo.

— Acha que eu iria para as trevas?

Ele mudou o peso do corpo de um pé para o outro.

— O caminho alternativo oferece recompensas tentadoras a quem decide segui-lo.

Aquilo doeu mais do que um tapa.

— Você pensa isso de mim? Sua própria irmã?

— Eu sei o que você fez.

— E também sabe por quê.

A boca de Ted se curvou para baixo.

— A intenção não a absolve. Você se transformou em mais um ladrilho na estrada para o inferno.

— Ted, preste atenção. Este trabalho vai me salvar. Se eu conseguir encontrar o Vampiro da Cidade Branca, vou ter minha alma de volta.

Ted parou onde estava e me encarou.

Sua expressão transitou entre diferentes emoções — primeiro ele ficou boquiaberto, atônito. Depois, ergueu as sobrancelhas de forma dramática e sua testa se enrugou como um vestido de cetim. Por fim, franziu as sobrancelhas, sério, se dando conta do que isso queria dizer em relação à pessoa para quem eu estava prestando serviços. Então um lampejo de esperança o inundou, acompanhado de uma respiração irregular que provocou o mesmo em mim.

Mas ele desviou o olhar e eu sabia o que diria antes mesmo que abrisse a boca.

— Mesmo que consiga, ainda assim irá para o inferno.

— Mas não agora.

— Você só tem dois dias.

— Por isso preciso da sua ajuda. Por que a Irmandade da Bússola está tão interessada?

— É um assunto de ordem superior. Terceiro grau e acima. Sorri.

— Você já está no terceiro grau? Você é um Magus? Que boa notícia...

— Não mude de assunto. Se sua alma está em jogo, já sei com quem está lidando — ele continuou, erguendo o queixo como costumava fazer quando não queria ordenhar as vacas ou conjugar verbos em latim. — Você está envolvida com um demônio.

Eu não podia ceder, então dei de ombros.

— É difícil resistir ao bônus da coisa.

Ted inclinou a cabeça para trás e revirou os olhos.

— Seu problema é que você simplesmente não consegue aceitar as coisas como são.

— E você também não deveria.

Ted se aprumou, os pés plantados na neve e os braços abertos.

— Você não sabe a hora de parar?

— Não fique tão nervoso, irmãozinho. Não faz bem para o coração.

Ele não achou a brincadeira engraçada.

— Você não tem ideia do que está enfrentando. Você não pensa nas consequências, não pensa no que vai acontecer com você. Você vai para o inferno! E tudo porque não me deixou ir. — Ele fez uma pausa. Seu rosto estava distorcido de fúria. — Eu estava no Céu. Todos nós estávamos no Céu. Eu, mamãe, papai...

Os três morreram num piscar de olhos. O carro ficou completamente destruído. O caminhão estava em condições um pouco melhores, mas o motorista estava caído sobre o volante. Um cervo me viu rastejar para fora do carro com dificuldade, piscou para mim e saiu em disparada. Eu estava sozinha naquela estrada, ficaria sozinha pelo resto da vida. Eles tinham partido, tinham sido arrancados de mim em uma fração de segundo do qual eu jamais me esqueceria.

Eu não conseguia suportar.

Continuei me arrastando pela neve esburacada, cerrando os dentes na tentativa de amortecer a dor quente e latejante em minha cabeça. Como não conseguia ficar de pé, rastejei até a encruzilhada. Eu sabia o que fazer para tê-los de volta — e quando o demônio só permitiu que eu escolhesse um, escolhi Ted.

Ele contou o que eu fizera no momento em que ficamos a sós com nossos mentores. Eu não podia culpá-lo. Ted tinha apenas catorze anos e levava as regras a sério. Me perguntei se ele teria crescido e aprendido que regras devem ser quebradas quando fazem mais mal do que bem.

Eu aprendi.

— Eu faria qualquer coisa por você. E fiz.

— Você acha que eu queria que você morresse por mim?

Tentei me acalmar e comecei de novo.

— Você não se lembra do que eu disse? Eu não preciso morrer. Você não entendeu essa parte?

Ele cerrou a mandíbula.

— Eu entendi.

— Então que tal me ajudar? Eu tenho uma pista. Por que não me ajuda a ver aonde ela vai dar?

— Talvez não dê em nada — disse Teddy. — Tentei conjurar o espírito dela. Não deu certo.

Levantei o pêndulo.

— Eu estava pensando em outra coisa. O assassino deixou marcas de sangue para trás. Você está dentro ou não?

— Você inventou esse encantamento?

— Sim.

Ted coçou o queixo com a mão enluvada.

— Fraser sempre disse que há anos não via uma auspex como você. Ele dizia que você era excepcional. Imagino o que acharia disso.

Eu não queria saber dos elogios de Fraser.

— Não conte nada a ele, Teddy. Se ele souber que você trabalhou comigo...

— Acha que eu não sei disso? — A tensão em suas sobrancelhas relaxou e ele acenou com a cabeça. — Vá em frente. Faça o encantamento.

— Não sei ao certo no que vai dar, mas lá vai.

Ted foi cortês o suficiente para me ignorar enquanto eu sussurrava as palavras que ativavam o encantamento, mas se virou depressa quando gritei de surpresa. O pêndulo não estava balançando, ele estava apontando, esticando a corrente. Isso desafiava a física, isso...

— Uau.

— Nossa — concordou Ted. — Parece um cão farejador.

Ted sempre quis ter um cachorro... Comecei a seguir na direção apontada pelo pêndulo. O objeto não parecia levar em consideração os edifícios no caminho e se mexia à medida que eu avançava para continuar apontando o mesmo ponto adiante. Me perguntei até onde teríamos que ir e como eu faria isso sem que fossemos vistos.

Ted vinha a meu lado, como prometi que seria quando ele tinha sete anos e a Irmandade da Bússola me levou embora para o treinamento. Contei-lhe segredos quando voltei para o Natal, ensinei um pouco de magia que eu provavelmente nem deveria saber. Mas ele seria um de nós. Quando tivesse a idade certa, também seria treinado e aí seríamos eu e ele. Um mago e sua mística. Uma equipe, sempre. Se eu pegasse aquele demônio, talvez um dia pudéssemos caminhar lado a lado novamente.

Fiquei pensando se poderia contar a verdade sobre Edith e eu.

Mas não era hora de pensar nesse tipo de coisa; tínhamos um rastro a seguir. Aquela parte da cidade fechava às seis, então por onde passávamos havia apenas lojas escuras e carros estacionados. No andar de cima das lojas, as luzes acesas dos apartamentos escapavam pelas janelas, mas ninguém olhava lá de cima. Todos estavam aconchegados e aquecidos dentro de suas casas, ouvindo novela no rádio. O pêndulo apontou para a calçada logo na esquina e de repente começou a girar. Ficou rodopiando em círculos logo acima de um ponto no meio da faixa de pedestres.

— O rastro termina aqui.

Ted se virou para espiar a rua.

— Como assim? Como se ele tivesse caído?

— E não se levantado mais — completei. — Mas como isso seria possível?

Ted olhou em volta.

— Por que viemos parar exatamente nesse lugar? O que é que tem aqui?

Dei de ombros. O movimento fez com que uma lufada de ar quente subisse pela gola do meu casaco.

— A cabine telefônica na esquina? Um carro de fuga à espera?

Examinei o comércio ao nosso redor. Havia uma loja de sapatos, uma loja de roupas na esquina, uma tabacaria mais adiante. Caminhei até o meio da rua e tentei clarear a mente em busca de algum sinal.

— Helen!

Ted me puxou e me tirou do caminho quando um motorista desviou bruscamente de nós dois, buzinando aos gritos. Ele me arrastou até a calçada e agarrou meus ombros, olhando para mim pálido como uma vela.

— Onde você está com a cabeça?

— Só estou tentando encontrar uma pista.

— No meio da rua? — ralhou ele. — Você claramente não pode andar sozinha por aí.

— Isso quer dizer que *você* vai cuidar de mim, Ted?

Ele fingiu que não ouviu e continuou:

— Por que o pêndulo nos trouxe até aqui? Tem algum espírito?

Enfiei o pêndulo no bolso. Ele se remexia contra o tecido, atraído pelos rastros de sangue deixados na rua. Eu precisaria refinar o encantamento.

— Não. Também não havia espíritos na cena do crime.

Se eu pudesse perguntar a Ted sobre os sigilos... talvez ele soubesse de alguma coisa. Mas abrir o bico sobre o caso não fazia parte do acordo. Eu só poderia contar com a ajuda dele se estivesse segura de que não diria nada a ninguém.

— Você não precisa me contar nada que não queira — disse Ted. — Na verdade, talvez nem deva.

— Irmãozinho — respondi, imaginando Judy Garland pulando e dançando em um campo de papoulas. — Tenha modos.

Ted abriu as duas mãos, inclinando a cabeça contra um ombro levantado.

— Você ainda pensa em alto e bom som.

— Ainda.

— Só estou dizendo que entendo a necessidade de manter as coisas em segredo. — Ele franziu a testa, pensativo. — Mas o que você realmente acha que aconteceu aqui? E se ele tiver sofrido um acidente? Pode ser que tenha ido parar no hospital.

— Isso é algo impossível de saber sem molhar a mão da polícia. — Peguei a luva e a vesti outra vez em minha mão gelada. — Olha, eu sei que a Irmandade está interessada nisso.

Ted virou o rosto.

Continuei:

— Eu não quero atrapalhar vocês, mas não posso simplesmente me afastar desse caso. Então o que acha de trabalharmos juntos? Ninguém precisa saber.

Teddy contraiu os lábios.

— Helen...

— Não responda agora. Você sabe onde me encontrar?

— Eu li todas as suas cartas.

Senti um formigamento bom no peito.

— Você poderia escrever de volta. Talvez agora...

— Tenho que ir.

Teddy deu meia-volta e começou a se afastar.

Ele leu todas as minhas cartas.

— Você sabe onde me encontrar — falei mais alto enquanto ele caminhava para longe.

Teddy encolheu os ombros para se proteger do vento.

ATO 3

I

Quando a WMAQ encerrou a programação da noite, eu já estava andando de um lado para o outro no escritório, vigiando as janelas à espera do carro de Edith. O relógio marcava meia-noite e eu tentava me lembrar de orações que não fazia desde criança. A vaga onde Edith estacionara o carro antigo que tinha sido de seu pai acumulava neve e o vidro da janela estava gelado contra minha testa.

Peguei um cachecol limpo, me enfiei dentro de um casaco e pus um dos lenços de seda no bolso. Se ela não estivesse na igreja, se algo tivesse acontecido com Edith...

(Eu não posso fazer nenhuma promessa, não tenho nada para dar, mas, *por favor...*)

O telefone tocou.

Corri para atender.

— Edith?

— Sou eu.

Me apoiei na parede.

— Edith. Graças a Deus.

— Não precisa se preocupar, fiquei presa em uma conversa com o padre Benedict. Ele quer saber minha opinião sobre algumas reformas na igreja. As artes são muito bonitas.

Edith tinha ficado presa em uma reunião. Só isso. Ela estava bem.

— Você quase me matou de preocupação. Eu estava quase indo atrás de você.

— Eu sei, me desculpe. Posso pegar sua câmera emprestada para tirar fotos para os arquivos? Me ofereci para fazer isso. Se não puder me emprestar, a câmera que você me deu já vai servir.

— Claro que empresto. — O que quer que ela quisesse. — Quando você volta?

A voz de Edith ficou distante por um segundo, como se ela tivesse afastado a boca do receptor.

— Vamos cantar os hinos. Não precisa esperar acordada.

— Talvez eu queira.

— Não se preocupe, mãe.

Então alguém estava ouvindo.

— Não demore.

— Amo você — ela disse antes de desligar.

Fui tomada por um alívio exausto, mas cada barulho no escritório me fazia pular de susto. Então lembrei que havia uma garrafa de bourbon pela metade no armário de bebidas e, pouco depois, um copo generoso me acompanhava em uma viagem até a vitrola. Gershwin não parava de tocar em minha cabeça, e a melhor maneira de tirar uma música da mente é ouvi-la de cabo a rabo.

A clarineta de abertura se agitou no ar. Eu me balançava de um lado para o outro com o bourbon na mão, observando o disco preto girar, hipnotizada pela magia que saía da agulha. A clarineta e o piano dançavam em meus ouvidos. Edith voltaria para casa em breve e tudo estava bem. Me servi de mais um drinque, acendi um cigarro e deitei no sofá. O estofado estava manchado e a almofada maior estava puída, mas ele rangeu confortavelmente sob meu corpo. Meu exemplar de *O Grande Gatsby* estava em cima da mesa de centro e eu o peguei para ler sobre Jay observando a luz verde piscar na água.

Jay Gatsby tinha muito a ensinar sobre esperança. Por não trazer certezas, a esperança também podia ser dolorosa. Na verdade, para ele quase não havia esperança alguma, o que tornava aquela pequena luz ainda mais valiosa. Eu já lera o livro uma ou duas dúzias de vezes e sempre ficava ansiosa pelo momento em que Daisy iria até ele. Jay ansiava por ela todas as vezes e eu ansiava junto, mesmo sabendo como tudo acabaria.

Terminei a garrafa de bourbon. Meu relógio marcava uma da manhã e Edith chegaria em casa a qualquer momento. Apoiei o livro sobre o peito pensando em como Edith era melhor do que Daisy em todos os sentidos possíveis e fechei os olhos, ouvindo o arranhar da agulha da vitrola sobre o rótulo do disco.

Acordei com um mau jeito no pescoço e sentindo um cheiro que lembrava o ar no verão pouco antes de uma tempestade. Edith estava de pé na sala de visitas, ainda de casaco. Me apoiei no cotovelo e ergui o corpo do sofá. O cômodo inteiro girou, mas não me importei.

Estiquei o braço em direção a ela.

— Edith?

Ela foi até a vitrola e ergueu a agulha, fazendo o disco parar. Minhas entranhas se reviraram violentamente. O movimento era estranho, nada parecido com os dela. Quando ela enfim se virou para mim, eu já estava com o revólver na mão, pronta para atirar.

Aquela não era Edith.

— Eu o exorcizo, espírito maligno... — Eu sabia aquelas palavras de cor. Elas saíram de minha boca automaticamente, sem esforço algum.

— Não temas, Elena Brandt.

Aquela não era a voz de Edith. Era gutural e vinha do fundo da garganta, como se pertencesse a outra pessoa. Uma voz vinda do inferno, não do corpo de Edith.

— ... vá embora em nome de nosso Senhor Jesus Cristo e da voz de Deus...

A criatura no corpo de Edith ergueu a mão e fez um gesto curto no ar. Minha arma acompanhou o movimento, indo parar do outro lado da sala, agora uma ameaça apenas para a estante de livros.

— É Ele próprio quem o comanda, Ele quem ordena que caia das alturas dos céus para as profundezas da terra...

Todas as luzes da sala se acenderam de uma vez. Olhei para o rosto de Edith, que me olhava de volta, impassível, com uma expressão desprovida de sentimentos humanos. As lâmpadas explodiram em uma chuva de faíscas e uma luz vinda de fora inundou minhas janelas, intensa como o flash de uma câmera. Nesse momento, a sombra de Edith se contorceu e se movimentou parede acima, alcançando o teto envolta em uma profusão de asas.

— Volto a dizer, Elena Brandt, não temas.

Tarde demais.

— Você não é Edith. Quem é você?

— Haraniel.

Haraniel. O nome não me era familiar, mas eu seria uma péssima mística se não reconhecesse um nome como aquele.

Era um anjo. Um legítimo soldado de Deus, ali, interagindo com uma serviçal de Marlowe. Os anjos eram reais — eles existiam. Então tudo ficou escuro e pontos de luzes começaram a flutuar diante de meus olhos. Mas apenas uma coisa importava.

— O que você fez com Edith?

— Ela está aqui. — A criatura no corpo de Edith inclinou a cabeça. — Preciso de sua ajuda. Você está em busca de um assassino.

Aquilo não tinha chance de acontecer. Eu não podia caçar alguém para um anjo e um demônio ao mesmo tempo.

— Sinto informar, mas minha agenda está fechada no momento.

— Edith me pede para explicar. Ela se desculpa por não ter contado para você antes.

— Contado o que, que ela é um anjo?

— Edith é uma mulher. E uma... hospedeira. — As mãos de Edith se ergueram e eu estremeci diante do gesto vacilante

82

e do movimento desengonçado dos membros da pessoa que eu conhecia. O anjo suspirou. — Eu nunca tinha controlado um corpo de carne antes. É... confuso.

Um calafrio de estranheza percorreu minha pele. Aquele era o rosto de Edith, porém mais austero, com expressões sombrias e um olhar de julgamento. Eu podia sentir com todo o meu coração que não era ela. O anjo... Ele? Ela? Anjos se consideravam mulheres ou homens? Isso teria importância para eles?

Não era hora de perguntar. Olhei nos olhos de Edith e até mesmo a maneira como ela me olhou de volta era diferente.

— Você está possuindo Edith.

— Com o consentimento dela. Edith é uma mulher de Deus.

— Se é que Deus perdoa a perversão.

Haraniel fez uma careta.

— A repulsa pelo amor homossexual é puramente um preconceito humano. A forma como desejam realizar a relação carnal é irrelevante. Edith tem amor no coração, é uma mulher generosa, é mais misericordiosa do que eu.

— Certo, entendi. Há quanto tempo vem espionando Edith?

— Edith e eu estamos juntos há muito tempo, Elena. Há muito mais tempo do que você a conhece.

Meu queixo quase tocou o chão.

— Juntes? Quer dizer que...

— Edith tem o poder de conter minha existência e consentiu em me guiar em meu isolamento e penitência.

— Isolamento... *E penitência*. Minha ficha caiu. — Você é um anjo caído.

— Não caímos — corrigiu Haraniel. — Fomos expulses do Céu por nossa arrogância. Centenas de nós.

— Por quê?

Haraniel deu de ombros.

— É uma longa história.

Peguei o maço de Chesterfields e acendi um, esfregando os olhos.

— Estou tentando entender. Então você... está no corpo de Edith. Mesmo quando nós... Digo, quando eu e Edith...

— Quando fazem amor.

Desviei o olhar.

— Mesmo nesses momentos? Quando nós... hum.

— Eu me ausento, embora esteja, até certo ponto, ciente da fisiologia de Edith a todo momento.

— Então você sabe que...

— Sim.

Enterrei o rosto nas mãos torcendo para que aquilo não passasse de um sonho.

— Posso atestar que é fonte de grande deleite para Edith.

Tive que me virar de costas. Eu não conseguia olhar um anjo nos olhos enquanto o ouvia falar tão abertamente sobre nossos... assuntos íntimos.

— Não quero ouvir isso — pedi. — Diga o que precisa dizer.

Quando voltei a olhar para trás, Haraniel ainda estava lá, em uma postura estranhamente estática, olhando no fundo dos meus olhos. Desviei o olhar outra vez.

Haraniel sequer piscava.

— Certo — suspirei. — Vou fingir que esta conversa não aconteceu. Então Edith não saiu daqui para ajudar a sra. Kowalski, não foi? Teve a ver com as fotos?

— Sim. Preciso que você encontre o Vampiro da Cidade Branca, Elena.

Primeiro os demônios, depois a Irmandade, agora os anjos. Haveria alguém no mundo que não estivesse procurando por ele?

— Moleza. Para quê?

— Ele precisa ser detido. Você viu os sinais na fotografia.

— Pode me dizer o que são?

Haraniel inclinou a cabeça. Mais uma vez ficou claro que aquela não era Edith. O ângulo do movimento era todo errado.

— Consegue dizer qual é o propósito de um ritual só de ver os sinais marcados no local?

Que tipo de pergunta era aquela? Elu estava tentando ganhar tempo ou queria mesmo saber? Não importava.

— Não nesse caso. Os símbolos nas fotografias são desconhecidos. Tenho a impressão de já tê-los visto antes, mas não sei onde. — Soprei a fumaça do cigarro. — Há duas explicações. Ou esses símbolos são autorais, o que seria um tremendo azar, ou... droga.

Haraniel ergueu uma única sobrancelha. Edith não conseguia fazer isso.

— Ou?

— Ou é o tipo de informação tão obscura que só pode ser encontrada por meio de um grupo como a Irmandade da Bússola.

— A mesma Irmandade que expulsou você.

— Exato.

— Então a ajuda deles não é uma opção. Podemos ir até o local do assassinato de Kelly McIntyre?

— A Irmandade está monitorando o lugar.

— Talvez um local anterior, ou até mesmo...

Haraniel parou no meio da frase, virando-se para olhar pela janela. Alguns pássaros se aglomeravam no peitoral, agitados em uma massa de penas escuras. O corpo de Edith suspirou e Haraniel comprimiu os lábios que eram dela.

— Pegue seu casaco. Sua câmera também. Houve outro assassinato.

2

A sala girou sob meus pés. Eu cambaleei e abri os dois braços para tentar me equilibrar, mas acabei desabando no sofá.

— Está embriagada.

— Eu estava com sede.

Haraniel bufou, exasperado, e veio até mim. Tentei me esquivar, mas elu tocou minha cabeça, segurando-a com os dedos abertos, e depois de um breve lampejo de dor me senti completamente sóbria.

— Beba um copo d'água — disse Haraniel.

— O que você fez? — Antes mesmo de terminar a pergunta eu já estava de pé. — Espere, tenho que...

Eu praticamente corri para o banheiro. Estava sóbria como se nunca tivesse provado uma gota de álcool na vida, mas me curvei sobre a pia, lavei as mãos e depois as usei em concha sob a torneira, tomando goles ávidos de água. Eu me sentia como se tivesse tido uma ótima noite de sono e minha mente estava alerta. Como elu tinha feito isso?

— Eu conduzi as toxinas do seu sangue para serem filtradas pelos rins.

Levei um susto quando levantei o olhar e vi o reflexo de Edith no espelho do banheiro.

— Ei!

Haraniel estava dentro do banheiro comigo, segurando meu casaco, meu chapéu e minha Graflex.

— Beba mais água.

— Como foi que você...

Elu me entregou meu casaco; no bolso havia rolos de filme e luzes de flash. Senti os pelos da nuca arrepiarem ao vê-le se mexer, de forma tão mecânica e antinatural.

— Translocação é o processo de dividir os átomos que compõem um corpo físico bem como os objetos que o acompanham e reagrupá-los no local desejado.

Enfiei um braço no paletó.

— Certo, vou fingir que não entendi isso.

Elu estava sorrindo para mim?

— Eu me teletransportei. Depressa, temos que ir.

Do lado de fora, a janela congelada do banheiro estava encoberta por uma série de pássaros escuros. Senti um arrepio ao ouvir o bater de asas.

— Para onde?

— Para o local do assassinato, Elena. Os pássaros foram acordados. Estão descontentes.

— Como você sabe disso?

— Sempre que alimento um pássaro atrelo uma partícula de minha consciência a ele. Pareceu uma ideia útil — explicou o anjo, dando um passo à frente para me ajudar a pôr o braço na outra manga do casaco.

Edith deve ter alimentado mil pássaros. Provavelmente mais.

— Para onde estamos indo?

Haraniel olhou para o teto e, por um momento, era como se Edith estivesse ali, refletindo silenciosamente sobre algo.

— Para o zoológico. Acredito que seja o zoológico. Mais deles estão acordados lá. Abotoe seu casaco, está nevando. Esqueci suas galochas.

O anjo desapareceu. Eu ainda estava encarando o lugar onde ele estivera um segundo antes, atônita, quando elu reapareceu de repente e se ajoelhou para me ajudar a calçar as botas.

— Eu consigo fazer isso sozinha — resmunguei, contrariada.

87

Elu terminou de calçar a galocha em meus pés e então, ao mesmo tempo, nós nos dissolvemos.

Eu nunca tinha prestado atenção na sensação de ser um corpo até não ter mais um, ou no quanto eu era minha própria consciência até que ela desaparecesse e eu me tornasse nada, ninguém, em lugar nenhum. Até que voltei a ser eu, e foi neste momento que senti medo.

Me desvencilhei do anjo e cambaleei para longe, parando só quando já estava fora de seu alcance. Aquilo era o nada, o completo nada. Não era como adormecer. Era completamente diferente de fechar os olhos e dormir.

— Haraniel. — Senti meu estômago se revirar, mas por sorte não vomitei. — Nunca mais faça isso comigo.

— É um longo trajeto até o Edifício Confiança.

— Não me importo. Eu vou a pé. Isso foi horrível.

— Não é tão ruim. — Haraniel girou sobre os calcanhares. — Por ali. Os pássaros estão agitados.

A neve fresca fazia barulho sob seus pés. Afundei num amontoado de gelo e rangi os dentes, mas continuei caminhando mesmo assim. Mais adiante, as sombras tomaram formas estranhas e aves passaram voando acima de nós, empoleirando-se nos galhos esqueléticos das árvores — gaios-azuis, pequenos pardais, pombos e quiscalus, todos misturados.

— Haraniel?

O anjo havia parado de andar e parecia olhar para alguma coisa no chão.

Fui correndo até elu e, quando me deparei com o que elu via, fui obrigada a virar o rosto para vomitar.

Havia sangue tingindo a neve em detalhes intrincados: um pentagrama dentro de um heptagrama delimitado por um círculo triplo. Dentro dos círculos, havia sigilos que pareciam cintilar. O corpo no centro da cena fumegava, quente e inerte e de olhos arregalados e muito, muito vermelho. Era um homem grande com a gordura acumulada comum a um homem forte quando chega na casa dos quarenta anos. Estava nu como veio ao mundo, deitado de braços e pernas abertos bem no meio do círculo que fora pintado com seu próprio sangue. No centro de seu peito via-se um quadrado com as mesmas letras que eu não reconhecera no beco.

No chão, entre as pernas abertas, havia uma marca circular de sangue, um círculo perfeito como se uma tigela tivesse estado posicionada para coletar o sangue de um ferimento cuidadoso feito na parte superior da coxa. Artéria femoral. O homem deve ter se esvaído em sangue em pouquíssimo tempo.

Então era por isso que os jornais o chamavam de Vampiro.

O corpo ainda estava quente, mas eu já sabia o que ia acontecer. Tirei a luva e deixei o pêndulo balançar, pendurado em meus dedos nus.

— Espírito deste homem, fale comigo.

O pêndulo continuou imóvel.

— Merda.

A conexão entre um corpo e sua alma dura três dias em circunstâncias normais. A daquele homem deveria estar bem ali, mas não estava.

Teria aquele homem negociado a própria alma com Marlowe a fim de realizar seu maior desejo? Tudo dizia que sim. Mas Marlowe dissera que eu seria a próxima. Por que o Vampiro da Cidade Branca pularia a minha vez?

— Temos que ser rápidos — disse Haraniel.

Fotos. Tire as fotos. Abri a Graflex e botei a mão na massa, ajustando a velocidade do obturador e o f-stop para a fotografia com flash — não haveria necessidade do encantamento de sangue luminoso ali. Quando levei a câmera ao olho, a cena horrível virou de cabeça para baixo, tornando-se uma imagem atrás da lente. Um pouco mais distante, um pouco menos real.

Minha concentração ao fotografar me amortecia para o horror da situação e o fedor gélido de execução. Para cima. Para baixo. Esquerda. Direita. Eu me movia ao redor da cena como uma boneca de corda: apertar o botão, deslizar a proteção sobre a foto, virar o cartucho ou trocá-lo por um novo, desparafusar a lâmpada do flash e substituí-la por outra. O cheiro de filamento queimado e de sangue pareciam se agarrar ao meu nariz.

A força do hábito me impediu de gritar, me impediu de enxergar verdadeiramente o que estava diante de mim — um sacrifício humano, a mais sombria das artes das trevas, um trabalho do Inferno e de todos os seus demônios. Eu estava trabalhando para um deles, por mais encantadora que parecesse, por mais interessante que fosse o trabalho que ela me oferecera. Eu estava mergulhada nas trevas até o pescoço e nunca, nunca mais aceitaria outro trabalho como aquele. Pegaria minha alma de volta e iríamos embora dali. Edith nos sustentaria. Eu nunca mais faria nada assim. Nunca mais.

O bater das asas cortou o ar quando pássaros começaram a se amontoar ao redor de Haraniel, aterrissando no chão a seus pés vindos dos galhos lá de cima. A passarada pousava em qualquer coisa que conseguisse sustentá-los, chilreando entre si, mas nenhum deles ultrapassava o primeiro anel de sangue na neve onde jazia o corpo, deixando seus rastros delicados ao redor.

Rastros.

Analisei a neve com atenção. Identifiquei as pegadas de minhas galochas e as que Haraniel deixara com os sapatos de Edith, mas dentro dos círculos havia outras. Pegadas pequenas, com linhas onduladas na sola e um salto estreito e elevado. Juntei essa informação à altura observada na cena do beco e tudo pareceu se encaixar.

— Uma mulher. O Vampiro da Cidade Branca é uma mulher.

Era uma cartada inteligente. Uma mulher esperta poderia passar incólume por um esquadrão de policiais a caminho do local do crime e o máximo que fariam seria pará-la para dizer: *Vá para casa, aqui não é seguro*. Não fazia diferença que o cadáver diante deles pesasse cerca de duzentos quilos; um demônio conseguiria transportá-lo independentemente do corpo em que estivesse. A própria Marlowe conseguiria mover o piano por sua suíte se sentisse vontade. Seria possível que...

— Haraniel.

— Sim, Elena?

— Demônios possuem pessoas da mesma forma que os anjos?

Elu endireitou a postura, parecendo ligeiramente ofendide.

— Os anjos propõem um acordo mútuo. Não fazemos nada sem consentimento do hospedeiro.

— Mas demônios não se dão ao trabalho de pedir permissão.

— Demônios não se preocupam com as implicações morais de suas ações. Eles fazem o que bem entendem e deixam que o hospedeiro lide com os crimes cometidos, descartando-os como se fossem lixo.

Marlowe era a mesma pessoa toda vez que eu a encontrava. Será que aquela mulher tinha consciência do que estava acontecendo em seu corpo? Quem teria sido ela antes de Marlowe ter se apossado de sua pele?

Por enquanto, isso não faria diferença para mim. Haraniel acabara de dizer que um demônio poderia entrar em um corpo e essa revelação mudava as coisas. Se o demônio rival de Marlowe estivesse pulando de corpo em corpo, teríamos que pegá-lo em flagrante.

Provavelmente quando estivesse vindo me pegar, imagino eu.

Haraniel enfiou as mãos nos bolsos.

— O que esse demônio está fazendo é vil, é indescritível.

— Eu concordo — disse. — Mas por que ela mata dessa forma? Isso é necessário para levar as almas?

— Talvez — respondeu Haraniel. — Mas um demônio pode fazer isso só para se alimentar da dor e do medo. Tentar encontrar as razões por trás de ações como essa pode não ser sábio. Eles praticam o mal porque é isso que são.

— Hum.

Haraniel considerou a resposta suficiente e voltou sua atenção para um dos pássaros.

Eu odiava cada segundo que passava olhando aquela cena, mas dei a volta ao redor do círculo repleto de sigilos e selos cerimoniais, atenta a cada sinal, tentando decifrar os símbolos desconhecidos e o propósito que tinham. O corpo encarava o céu.

Círculos serviam para proteger. Para selar. Círculos definiam um espaço, separavam-no do plano físico para uni-lo ao reino onde a matéria não fazia sentido e a quintessência ditava as regras. Mas aquele território mágico era um emaranhado de manifestações e eu não tinha tempo para tentar entender tudo.

Poderia ter sido eu deitada ali na neve. Marlowe dissera que eu seria a próxima. O que teria impedido, a presença de um anjo ou as proteções em meu escritório?

— Você notou alguém observando a mim ou a Edith?

— Acha que o assassino está atrás de você?

Suspirei.

— Há grandes chances de que...

— Ei! Mãos ao alto!

Ombros grandes, uniforme e um revólver apontado direto para nós. O pássaro saltou do ombro de Haraniel, as asas batendo forte como um tambor.

O guarda firmou as botas na neve e estabilizou o cano da arma.

— Não!

Tentei empurrá-lo e tirá-lo do caminho, mas Haraniel jogou o corpo de Edith na frente do meu. Os tiros o fizeram recuar em solavancos violentos, duas, três, quatro vezes, quando as balas atravessaram o casaco. A última bala me fez cambalear, dando um passo atrás e enterrando meu pé na neve. O sangue quente escorreu pela minha pele, ficando imediatamente frio com o ar de janeiro que invadia meu casaco, mas, antes que eu pudesse concluir o pensamento — *Levei um ti...* — eu não era mais nada, eu era ninguém em lugar nenhum.

3

A dor não veio até sairmos da escuridão. Pus a mão sobre o ombro e apertei, gemendo quando senti uma pontada lancinante. Mas eu era real novamente, e inclinei a cabeça para trás, me sentindo grata.

O teto arqueado da igreja era decorado com afrescos e, lá de cima, santos e anjos olhavam para mim e para tudo o que eu já fizera, tudo o que eu era, e parte de mim se retraiu diante de tal julgamento. Minha vida escorria pela ferida aberta em meu ombro e não soltei Edith nem por um segundo, com medo de que ela caísse.

Mas Haraniel não caiu. Elu se levantou com firmeza e estabilidade, movendo-se como se nada tivesse acontecido.

Eu vira com meus próprios olhos, eu escutara os tiros. Todas as vezes que o corpo de Edith oscilara com o impacto eu senti uma onda de horror e tristeza. Ela deveria estar morta. Mas Haraniel estava de pé. Elu se virou para mim, pousando a mão em meu ombro.

Então a dor desapareceu. Até mesmo o buraco em meu casaco se fechou. Edith deveria estar morta, estirada no chão, depois de tantos tiros. Haraniel segurou meu pulso e deslizou entre os bancos.

— Mas ele atirou em você.

— Eu cuidei disso. Sente-se.

Balancei a cabeça.

— Tenho que ir. Não pertenço a este lugar.

Elu suspirou, dilatando as narinas. Havia uma sombra violeta sob os olhos de Edith.

— Todos são bem-vindos na casa de Deus, Elena. Sente-se.

O assento era duro e desconfortável. Haraniel se acomodou ao meu lado e apoiou uma das mãos no banco à nossa frente, abaixando a cabeça como se fosse pesada demais para ser mantida reta sobre o pescoço. Ele fechou os olhos e suspirou outra vez.

Toquei o ombro de Haraniel.

— Você está bem?

— Preciso de um minuto.

— Você está ferido? Está sangrando?

— Elena — disse Haraniel. — Por favor, fique em silêncio por alguns minutos.

Tentei não me mover enquanto o padre cantava para uma igreja vazia. Era lindo, algo digno de deixar até um anjo em prantos. Haraniel apoiou a cabeça no braço. O rosto de Edith se virou para mim; ela estava de olhos fechados e havia um sulco sutil entre as sobrancelhas. Continuava ferida. Eu tinha que procurar ajuda. Um médico. Edith precisava de um médico.

— O cântico é suficiente — disse Haraniel. — Por favor, pare de se mexer.

Então elu conseguia fazer o truque de Edith. Ou teria aquele sido um truque de Haraniel o tempo todo?

Edith abriu uma pálpebra e me olhou de cara feia. Entrelacei as mãos e comecei a prestar atenção. O padre poderia muito bem trabalhar no rádio, ou em uma ópera. Sua voz preenchia o espaço de uma forma que me fez silenciar, embora eu quisesse me levantar e (*sair correndo*) respirar um ar que não tivesse cheiro de incenso, dar o fora dali antes que me vissem e soubessem que eu não tinha o direito de estar naquele lugar.

— Eu já disse que todos são bem-vindos na casa de Deus.

Fechei os olhos e tentei não pensar muito alto.

O cântico terminou. O padre era jovem, devia ter a minha idade, e um rosto iluminado que combinava com a voz clara com a qual conduzia as orações em latim. Era o mesmo papo de sempre, *Deus todo-poderoso, tende piedade de nós.* Haraniel teve que me sacudir pelo ombro quando o padre terminou.

Reprimi um bocejo como se minha vida dependesse disso.

— Desculpe.

— Já está tarde.

Elu parecia melhor, mas não muito. Esfreguei o rosto com a mão.

— O que fazemos agora?

Haraniel se levantou e foi até um padre mais velho que observava de longe. Tentei manter distância, mas ele me olhava sem desviar, como se visse exatamente o que eu era.

Levantei o queixo e o encarei de volta.

— Bonita missa, padre.

Ele estreitou os olhos antes de falar.

— Você tem uma companhia incomum, Haraniel.

Arqueei as sobrancelhas, mas ele já tinha se virado e se afastava, fazendo um gesto para que o seguíssemos. Senti o sangue gelar enquanto adentrava a igreja para além do que eu gostaria.

— O padre Benedict vai poder nos ajudar — explicou Haraniel. — Ele é um hospedeiro.

— Ele também? Quantos... Ah, que merda, você de novo?

Esperando na sacristia, vestidos todos de preto exceto por um pedaço de gola branca, estavam Ted e seu parceiro Delaney. Ted olhava fixo para Haraniel — e como não olharia? Edith era uma mulher deslumbrante. Mas Delaney tinha uma expressão de poucos amigos ao se dirigir a mim.

— Você. Precisa parar de meter o nariz onde não é chamada.

O padre Benedict olhou para os dois homens e balançou a cabeça.

— Deveriam ter deixado esses trajes na loja, senhores. É deveras desrespeitoso.

— Pedimos desculpas — disse Ted. — Às vezes nosso trabalho nos obriga omitir nossas identidades.

— Presumo que conheça esta mulher.

Ele fez um gesto em minha direção e endireitei a postura.

— Eu...

— Ela é minha irmã — respondeu Ted. — É uma longa história. Está envolvida com assuntos que não dizem respeito a ela.

— Olha, acho que me dizem respeito sim — murmurei, mas o padre Benedict ergueu a mão.

Fiquei em silêncio, mas tentei transmitir um pensamento para Ted caso ele estivesse ouvindo: *Preciso falar com você.*

Ele nem sequer olhou para mim.

— Gostaríamos de saber se podemos conversar com o senhor por um momento...

— É claro — disse o padre Benedict. — Mas já tenho um horário marcado com estas senhoras. Estarei com vocês em um instante. Aproveitem o intervalo para refletir sobre a gravidade de uma mentira.

O escritório do padre Benedict era pequeno, mas aconchegante. Havia duas cadeiras de frente para uma escrivaninha de madeira avermelhada onde não havia nada além de um mata--borrão, uma Bíblia e uma caneta preta de material brilhante. Todas as paredes estavam cobertas por prateleiras de livros, dispostos atrás de portas trancadas de vidro. Reconheci algumas lombadas logo atrás da escrivaninha, cujos títulos em latim estavam estampados em dourado. Um paroquiano não olharia duas vezes, mas havia uma estrela de oito pontas na capa de um deles.

Ora, ora, ora.

O padre Benedict sussurrou algo ao fechar a porta, depois levantou uma das mãos e traçou um sigilo no ar. A sala então pareceu um pouco menor e a pressão em meus tímpanos se intensificou. Era uma proteção — contra ouvintes indesejados, suponho.

O padre Benedict se virou para Haraniel com uma expressão de cólera, testa franzida e sobrancelhas baixas.

— Haraniel, por que trouxe esta alma amaldiçoada até aqui?

Claramente não era um homem de meias palavras.

Haraniel se apoiou na escrivaninha.

— Ela é investigadora particular e foi contratada para descobrir a identidade do Vampiro da Cidade Branca.

Ele me lançou um olhar irritado.

— Ela sabe de nossos assuntos?

Eu não sabia, mas não ia abrir a boca e deixar isso evidente.

— Eu ajudo como posso. A fazer as coisas direito, por assim dizer.

Ele me encarou com um olhar sombrio e feroz. A maneira como inclinou a cabeça me fez pensar em uma ave de rapina.

— Você foi expulsa da ordem. Sua alma está condenada. O que veio primeiro?

— Edith me contou que estão reformando a capela do Sacramento. Ela está muito animada.

— Eu fiz uma pergunta.

Meu sorriso era quase um rosnado.

— E eu estava tentando mudar de assunto para mostrar o quanto a pergunta foi rude.

Haraniel se pôs entre nós.

— Houve outro assassinato, Zashiel.

As sobrancelhas do padre Benedict, ou, melhor dizendo, de Zashiel, se ergueram em seu rosto.

— Tem certeza?

— Nós estávamos na cena do crime — respondi. — Haraniel sentiu quando aconteceu, mas não sei como.

— Foram os pássaros. — Haraniel deu de ombros e se virou para Zashiel. — Elena fotografou a cena, mas ainda não revelou o filme.

Zashiel apoiou o quadril na beirada da escrivaninha. Elu era mais experiente no controle do corpo de seu hospedeiro do que Haraniel no corpo de Edith. Seus movimentos eram fluidos, mas era perceptível que aquela estrutura de carne e osso era algo alheio, embora lhe caísse como uma luva.

— Eu gostaria de ver os sinais e as marcas usadas.

— Posso revelar as fotos hoje à noite. Ou Edith. Ela é melhor nisso do que eu. — Encarei Haraniel. — Edith pode voltar agora?

— Ela não vê a hora de falar com você — disse Haraniel. — Acho que é melhor irmos embora.

Sim, de fato era. Eu estava exausta. Uma soneca regada a álcool não fora suficiente para aguentar todo aquele teletransporte ou os tiros recebidos. Eu precisava fechar os olhos, nem que fosse por uma hora.

— Tenho que falar com os senhores lá fora. — Zashiel acenou com a cabeça em direção à porta.

— Então é melhor irmos embora. Eles jamais trabalhariam comigo.

— Eu não ia sugerir que ficassem. Mas, se vale de alguma coisa, quero que saiba que eu gostaria que houvesse algo que eu pudesse fazer por sua alma.

Eu me perguntei se todos os anjos conseguiam enxergar meu destino. E, se pudessem, será que Edith já sabia? Tentei ignorar o pensamento; ela teria me perguntado.

— Obrigada, padre, é muito gentil da sua parte. — Fiz um gesto com a cabeça para Haraniel. — Acho melhor irmos. Não quero continuar atrapalhando seu amigo.

Assim que saímos do escritório de Zashiel, recebi um olhar cortante feito lâmina de Delaney. Também encontrei o olhar de Ted por um instante, mas ele virou o rosto depressa, se esquivando. Ninguém podia perceber que tínhamos nos encontrado, eu sabia disso, mas mesmo assim ser tratada daquela forma me doeu profundamente.

Haraniel seguiu na frente até que estivéssemos fora do campo de visão dos dois.

— Vou nos levar embora.

Não, de novo não. Recuei um passo, mas Haraniel foi mais rápide e me segurou pelo ombro. Um segundo depois, deixei de existir.

ATO 4

I

Ressurgimos no mesmo beco onde eu iniciara aquele caso, dessa vez sob o céu róseo do amanhecer. Os pombos nos olhavam de seus pombais, moradores da casa que habitavam havia gerações. Respirei fundo e peguei um cigarro; toda aquela translocação acabou me deixando uma pilha de nervos.

— O que viemos fazer aqui?

— Este é o lugar onde você encontrou o primeiro símbolo. — Haraniel olhou para a parede de forma tão intimidante que por um momento pensei que ela fosse se retrair. — Diga-me exatamente o que descobriu neste local.

— Você viu as fotografias — respondi. — Sigilos por todos os lados, todos feitos com o sangue da vítima. Havia um rastro de sangue se afastando do local da invocação...

— Então você sabe que foi uma invocação?

Haraniel me fazia querer arrancar meus próprios cabelos às vezes.

— Não sei! Talvez seja. Estou supondo que sim. Não tive tempo nem de respirar, muito menos para analisar o propósito dessa configuração.

— Compreendo. O que estava dizendo sobre o rastro de sangue?

— Eu não tinha notado os rastros até ver as fotografias. O assassino saiu andando, até onde sei, mas só chegou até o cruzamento. Nesse ponto o rastro simplesmente some.

O anjo no corpo de Edith se afastou e foi até a rua.

— Para onde está indo?

— Buscar testemunhas. Se ele desmaiou, pode ter sido ajudado por alguém.

— Mas, nesse caso, os policiais não teriam... Ei, espere! — Apertei o passo para alcançá-le. — Hoje é domingo. Todas as lojas estão fechadas.

— Mas todos os comerciantes estão a caminho da missa.

Elu tinha razão. Mulheres e crianças usando casacos de linho e sapatos polidos esperavam na calçada enquanto pais e maridos tiravam os carros da garagem. Todas olhavam de um lado para o outro para se certificar de que as pessoas notavam o corte fino de suas roupas e as tranças bem cuidadas das filhas, depois exibiam um sorriso de inveja para a mãe com o chapéu mais elegante.

Adentramos o território da família tradicional e tomei a frente, exibindo um sorriso simpático para contrabalancear o semblante austero de Haraniel.

— Como vai? — cumprimentei uma mulher com um chapéu pillbox verde. Abri a carteira e mostrei meu distintivo, mas ela continuou fixada no meu sorriso. — A senhora sabe quem era a pessoa que desmaiou na rua na madrugada de terça-feira?

Ela levou uma mão enluvada à boca.

— Ah, meu Deus, que tragédia. — Ela desviou o olhar para a criança que segurava sua mão esquerda, vestida em um tom de verde que combinava com seu chapéu. — Uma verdadeira tragédia. A forma como conseguiu escapar daquele monstro, apenas para...

Ela se calou antes de terminar a frase. Eu precisava ter muita cautela; talvez aquela mulher tivesse visto a vítima na rua, coberta de sangue, e não haveria como não conectá-la à cena tenebrosa ao lado do açougue onde comprava a carne para o jantar. Aquele provavelmente teria sido o momento mais assustador de sua vida e eu estava pedindo para que ela o revisitasse. Eu precisaria pisar em ovos, ou ela fugiria como um bicho assustado.

— Ela estava ferida? — perguntou Haraniel. — Houve um acidente?

Pelo amor de Deus.

A mulher olhou para as outras famílias na rua. O que pensariam dela, sendo abordada por estranhos a caminho da igreja?

— Não quero falar sobre isso na frente das crianças.

Um Chevrolet elegante parou no meio-fio e o homem que o dirigia saiu do carro, deixando o motor ligado.

— O que está havendo, Mildred? Essa mulher está incomodando você?

— Ela quer saber sobre Mathilda — explicou ela. — Mas as crianças...

Mathilda. Memorizei o nome e voltei a atenção para o homem.

— Só tenho algumas perguntas.

— Eu cuido disso. Entre no carro.

Ele tinha uma aparência bruta mesmo arrumado para ir à igreja, mãos grandes e pesadas com cicatrizes nas articulações dos dedos. Aquele homem seria capaz de nocautear uma mulher antes de ir à missa se acreditasse que sua esposa estivesse sendo incomodada. Ele se aproximou de mim e seu hálito cheirava a fumaça de charuto.

— O que você quer?

— Estamos procurando a família de Mathilda. — Não pare de sorrir. — Sou investigadora, trabalho para um advogado que está analisando o caso.

Ele olhou para Haraniel e depois para mim.

— Quem diabos contrata uma investigadora mulher?

— Na maioria das vezes, ficamos responsáveis apenas pelas entrevistas e por pesquisas de campo. Nada perigoso.

Ele pareceu pensativo.

— Por que querem ver os van Horne?

Associei o nome à loja de roupas da esquina, cuja vitrine exibia um terninho feminino e um chapéu semelhante ao que estava empoleirado na cabeça da mãe. O assassino — a *vítima* — provavelmente estaria voltando para casa quando desmaiou na rua.

— Estamos avaliando o estado de Mathilda para discutir o direito à indenização com os familiares. — Haraniel se explicou.

Uma mentira bastante inteligente. Eu não imaginava que um anjo seria capaz daquilo.

— Dinheiro, hein? Dinheiro nenhum vai trazer Mathilda de volta.

— Mas pode ajudar. Dinheiro sempre ajuda — observei.

— Qualquer informação que possa ajudar a identificar o Vampiro da Cidade Branca será levada às autoridades — declarou Haraniel. — Faremos de tudo para encontrar esse monstro.

O homem relaxou os ombros.

— Mathilda arranjou um namorado. Provavelmente por isso estava na rua de madrugada. Ela não deveria ter saído sem avisar, mas sabe como são as jovens apaixonadas. — Ele olhou para o cruzamento e balançou a cabeça. — Ninguém sabe o que ela viu naquela noite, mas o que quer que tenha sido fez a pobrezinha enlouquecer. Ela não disse uma palavra desde então, embora todo mundo saiba.

— Ela está em casa com a mãe?

Ele olhou para o relógio.

— Está em Dunning.

Meu estômago se revirou.

— Talvez seja possível curá-la.

— Acho difícil. Ela foi encontrada coberta de sangue, mas, fora isso, sem um arranhão. Jamais saberemos como conseguiu escapar do monstro.

Todos acreditavam que Mathilda era outra vítima — e de fato era, mas não da maneira que todos supunham. Afinal, por que alguém pensaria que uma garota teria força para subjugar uma mulher grande como Rouxinol McIntyre?

106

Talvez o demônio a tenha soltado quando terminou de usar seu corpo. Teria ela acordado no beco, coberta de sangue, fugindo do que havia feito — do que seu corpo havia feito enquanto outra pessoa estava no comando?

— Pobrezinha. Alguém tem que pagar por isso.

A janela do Chevrolet se abriu.

— Fred — chamou a esposa. — Vamos nos atrasar.

— Já estou indo. — Fred voltou-se para mim. — Se houver alguém a ser processado, processe, ouviu bem? Tire tudo deles. Mathilda era um doce de garota.

Ele pulou a lama da sarjeta e entrou no carro. Olhei de relance para Haraniel, que mirava o horizonte.

— É um longo caminho até Dunning.

— Eu sei onde fica. Quer um cigarro antes de irmos?

— Calminha aí. — Abaixei o ombro para me desvencilhar delu. — Já estou exausta dos seus métodos de teletransporte. Vamos no meu carro.

2

O aquecedor do meu velho Ford 31 cuspia ar quente enquanto eu dirigia a caminho do hospício estadual. Eu não gostava de hospícios e menos ainda daquele, que nem sequer tinha o charme gótico dos manicômios de antigamente. Ali era onde iam parar os párias e os indesejados — maníacos, deprimidos, histéricos...

E os homossexuais. Homossexuais eram considerados doentes, mas nenhum daqueles que desaparecera do Wink voltara celebrando a própria cura. Era curioso como ninguém julgado louco por aquelas pessoas parecia melhorar.

Eu não tinha motivo algum para gostar de Dunning.

Haraniel adiantou-se ao entrarmos no saguão e perguntou por Mathilda van Horne à enfermeira que estava na recepção. Ela nos levou até um quarto onde uma mulher elegante, vestida de cinza, chorava baixinho ao escovar os cabelos cor de areia de uma garota sentada ao lado da janela. Mathilda tinha um olhar vazio. No peitoril, chapins de peito escuro se agitavam contra o vidro, tentando chamar sua atenção.

A mulher parou de escovar os cabelos da filha.

— O que desejam?

Acenei com a cabeça em um cumprimento educado.

— Sra. Van Horne? Peço que nos perdoe o incômodo, mas somos investigadoras e gostaríamos de obter uma avaliação oficial do estado de sua filha.

Mathilda era muito bonita. Em vez de usar camisola e roupão brancos como outros internos, ela vestia uma blusa azul-clara com várias pregas e pequenos botões, uma saia plissada que cobria seus joelhos e sapatos de aspecto caro de couro azul. Seus olhos inexpressivos estavam emoldurados por cílios cobertos de rímel e a boca entreaberta tinha um tom suave de cor-de-rosa, adequado para uma jovem senhorita. O que não estava presente, no entanto, era a vitalidade comum a um ser humano, algo que passava despercebido em circunstâncias normais, mas cuja ausência era horripilante.

Um fio brilhante de saliva escorreu pela lateral da boca de Mathilda. A sra. Van Horne limpou o queixo da filha com um gesto habilidoso, claramente executado mais de uma vez.

— Ela olhou para mim hoje de manhã — contou a mãe, com voz embargada. — Mathilda olhou para mim quando eu trouxe o café. Ela não perdeu o apetite, e continua não gostando de cebola na comida.

Assenti.

— Ela fez contato visual enquanto a senhora a alimentava?

Ela voltou a pentear o cabelo da filha.

— Eu sei que não deveria comemorar. Pode não passar de um reflexo. Os médicos dizem que...

A mulher foi murchando aos poucos.

— Nunca perca a esperança, senhora. O apetite só pode ser um bom sinal — sustentei o sorriso gentil. — Esta é Edith Jarosky, minha parceira.

Haraniel inclinou a cabeça em um aceno solene e respeitoso.

A sra. Van Horne exibiu o máximo de cordialidade que conseguiu reunir naquelas circunstâncias.

— Como vai?

— Sinto muito pelo incômodo. — Peguei meu bloco de notas e a caneta Parker que Edith me dera no Natal anterior. — Sei que é doloroso, mas, se me permite perguntar, a senhora se lembra de algo estranho naquela noite? Qualquer coisa.

— Eu... — Notei um lampejo nos olhos da mulher e observei seu semblante enquanto ela afastava o pensamento. Depois,

inclinando-se para secar o queixo de Mathilda, ela respondeu:
— Não. Nada.

— Pode ser até mesmo algo em que a senhora acha que ninguém acreditaria — continuei. — Muitas vezes temos a sensação de que tem algo de errado quando pessoas queridas estão em perigo.

Ela ficou em silêncio por um longo tempo, depois me olhou antes de desviar a vista para os pássaros na janela.

— Eu tive um sonho.

Bingo.

— Como foi esse sonho?

— Eu estava no corredor, de frente para o quarto de Mathilda, e via uma luz ofuscante sob a fresta da porta. Quando eu entrava no quarto, ela resplandecia intensamente, tanto que eu quase não conseguia enxergá-la. E, de repente, desaparecia.

Haraniel se mexeu e seus ombros pareceram tensos.

Olhei para ela.

— O sonho aconteceu naquela noite?

— Às vezes penso que foram anjos que a tiraram do sofrimento — continuou a mulher. — Mas isso significaria que não há esperança, que ela nunca mais será...

Ela cruzou as mãos sobre o colo e fechou os olhos, tentando conter as lágrimas.

— A senhora costuma ter sonhos assim quando algo acontece a alguém de sua família? — perguntou Haraniel.

Mathilda contorceu o lábio e eu me segurei para não olhar para Haraniel. Elu estava se saindo muito melhor do que eu na conversa com a sra. Mildred. Aquilo era exatamente o que eu teria perguntado, espelhando a linguagem da sra. Van Horne a fim de estabelecer uma conexão com ela.

Era mais comum que mulheres tivessem dons do que os homens. Aquela mulher era clarividente: chamar de sonho era como ela racionalizava seu poder. Mas ninguém da Irmandade da Bússola daria a mínima para ela se não tivesse um parente homem a quem pudesse servir como mística, cuidando da parte demorada como adivinhação e cálculos com as quais magos de verdade não tinham tempo para se preocupar.

— A senhora ficaria surpresa com a frequência com que ouvimos coisa parecida — acrescentei.

— Minha mãe me contou que teve um sonho na noite em que meu pai morreu em Ypres. Ele estava aos pés da cama dela, vestido em seu uniforme.

— Às vezes nós simplesmente sabemos — disse Haraniel.

Mathilda virou a cabeça, ainda com o olhar vazio. Ainda assim, encarou Haraniel com a boca entreaberta.

— Mathilda? — chamou a sra. Van Horne. Ela olhou para Haraniel com os olhos arregalados. — Ela reagiu à sua voz. Diga mais alguma coisa.

— O que devo dizer?

Mathilda abriu a boca, movendo os lábios como se tentasse falar.

Agarrei o casaco de Haraniel.

— Ela está tentando se comunicar. Continue falando.

— Ore por ela — pediu a sra. Van Horne.

Haraniel desviou o olhar mas por fim cedeu, suspirando.

— Pela intercessão de São Miguel e do Coro Celestial dos Serafins...

Mathilda estremeceu e respirou fundo, mas seus olhos permaneceram vazios mesmo quando ela soltou um grito ensurdecedor.

3

Em meio aos gritos de Mathilda, um grupo de enfermeiros vestidos de branco nos conduziu para fora da sala. Ela gritava e se debatia enquanto a amarravam e assim continuou quando a porta pesada se fechou atrás da enfermeira, que vinha trazendo uma injeção de sedativo com uma gota brilhante na ponta da agulha. Mathilda então gritou uma última vez e depois caiu em silêncio profundo.

A sra. Van Horne estava em prantos e eu a acompanhei pelo corredor até uma área comum repleta de pacientes. Ali, uma mulher vestindo um cardigã surrado sobre um pijama estampado tentava tocar os primeiros versos de "Sonata ao Luar" ligeiramente fora de ritmo. Ao tocar uma nota errada, ela gritava "Não!" e recomeçava. Outras almas igualmente perdidas balançavam-se para a frente e para trás ou mantinham o silêncio, envoltas em seus próprios mistérios, exceto por uma pessoa que olhou diretamente para mim.

Tirei minha mão suada do ombro da sra. Van Horne e tentei engolir, mas minha boca parecia estar cheia de areia. Era Harriet. Ela sumira do Wink havia cerca de dois meses e agora eu sabia o motivo. Dunning pusera as garras sobre ela.

Harriet brincava com os punhos de um casaco de chenile amarelo que usava por cima de uma camisola puída em tons pálidos de verde. Eu nunca tinha visto Harriet vestindo algo que não fosse seus melhores trajes. Quem a teria colocado naquele lugar sob o pretexto de amá-la? Quem a internara ali, onde a amarravam para receber choques elétricos se demorasse o olhar diante da fotografia de uma mulher?

O procedimento era chamado de terapia de aversão. Terapia. Nunca conheci ninguém que voltara para casa curado.

Harriet estava completamente imóvel e tinha a boca entreaberta, emoldurando uma palavra não dita. Até que sorriu, deixando meu coração em pedaços, depois se levantou e, sem olhar para trás, foi embora arrastando as sapatilhas cor-de-rosa.

Eu me odiei pela onda de alívio que senti e pelo nó desfeito em minha garganta. Haveria mais alguma conhecida em Dunning? Esperava que não.

Três janelas altas viradas para a direção norte deixavam entrar uma luz suave em pontos estratégicos do cômodo. Uma garota estava de pé na frente da primeira janela e, do outro lado do vidro, via-se um amontoado de pássaros. Eles se empoleiravam também do lado de fora da segunda janela, onde outra moça, de rosto e aparência comuns, ignorava um quebra-cabeça à sua frente. No peitoril da terceira janela, no entanto, não havia sinal de uma pena sequer. Ali, uma mulher com bobes nos cabelos e uma senhora de cabelos grisalhos se enfrentavam em um jogo de xadrez. As peças reluziam quando elas moviam os peões e acionavam o cronômetro.

— Edith — chamei.

Haraniel levantou o olhar do assento que ocupava ao lado da sra. Van Horne.

— O quê?

— Veja aquelas duas perto da janela.

Haraniel inclinou a cabeça, intrigade.

— Estou vendo.

Ouvi o arrastar de uma cadeira no chão de linóleo e olhei para trás.

As duas tinham se virado para nós e nos observavam com olhos vazios. Senti meu sangue gelar nas veias. Nas outras janelas, os pássaros chilreavam e se aproximavam ainda mais do vidro, agitados.

— Significa algo para você? — perguntei.

Haraniel comprimiu os lábios e olhou atentamente para as janelas, mas um médico de jaleco branco se interpôs entre elu e a sra. Van Horne, brandindo uma prancheta e uma caneta Cross dourada. Ele ofereceu a mão rosada e macia para cumprimentá-la e avisou:

— Mathilda está mais calma. Não há motivo para preocupação. Por mais assustador que tenha sido, podemos considerar esse comportamento um sinal promissor.

O lábio da sra. Van Horne tremeu.

— Ela está bem?

— Está em sono profundo.

Dopada até o último fio de cabelo, era o que ele queria dizer.

A mãe levou um lenço ao rosto com um soluço engasgado. O médico, por sua vez, puxou um formulário da prancheta e o estendeu para ela.

— Sra. Van Horne, preciso que leve isso para seu marido.

— Do que se trata? — perguntei.

Ele deu uma olhada em mim e em minhas vestes femininas e torceu o nariz.

— Quem é você?

— Mathilda é filha dela — insisti. — Não acha que ela deveria saber?

A sra. Van Horne espiou o formulário, franzindo a testa.

— Terapia eletroconvulsiva? Vocês querem eletrocutar a Mathilda?

— É um tratamento novo — explicou o médico com a voz açucarada de quem consola uma criança após um pesadelo. — Acho que hoje ficou claro que a Mathilda pode sair da catatonia com ajuda de estímulos elétricos no cérebro.

A sra. Van Horne recuou.

— Parece doloroso. Não sei.

— Não vamos nos adiantar, senhora. A decisão cabe ao seu marido. Não quer que sua filha volte para casa?

Ela olhou para mim.

— Não há mais nada que possamos fazer?

Percebi então que ela pedia minha ajuda.

— Conte a ele sobre a cebola...

— Este é o melhor tratamento possível para sua filha. Posso explicar tudo ao seu marido, não se preocupe. Por que não vai para casa e entrega o documento a ele?

A sra. Van Horne olhou para o formulário por mais um instante e depois cedeu, estendendo a palma da mão.

— Muito bem — disse o médico. Ele olhou para Haraniel e cortou o que estava prestes a dizer com um pequeno sorriso educado. — Tenho que ir. Há outros pacientes aguardando.

Depois de dar um tapinha amigável no ombro da sra. Van Horne, ele se afastou.

Ela olhava para o formulário em sua mão trêmula.

— Não quero que Mathilda se machuque — disse ela, olhando de Haraniel para mim. — Vocês não acham que isso vai doer?

Como eu poderia responder?

Haraniel se mexeu na cadeira e disse:

— Talvez a senhora deva esperar para ver como ela vai estar amanhã. E talvez deva pedir aos cozinheiros para colocar cebola na comida dela.

A expressão da mulher se suavizou e seus olhos se iluminaram de esperança.

— Esperar?

— Não há necessidade de se precipitar em uma decisão como essa — acrescentei, e sua boca se abriu em um pequeno suspiro de satisfação.

Sorri para ela.

— Gostaria que a acompanhássemos até o carro?

— Sim, é melhor eu ir para casa.

Ela abriu a bolsa e dobrou o formulário, guardando-o em um bolso lateral. Depois pegou um par de luvas cinza-claras que combinava com seus sapatos e esticou cada um dos dedos como se estivesse em transe.

— Elena. — Haraniel olhou em direção à janela.

Uma das garotas chegara mais perto. Estava bem próxima de Haraniel e sua boca se movia de maneira incoerente.

— Esta é Roberta Howard. Ela não mexeu um dedo desde que chegou aqui. — A sra. Van Horne se postou entre as duas, segurando a jovem pelos ombros. — Roberta? Roberta, querida, consegue me ouvir?

Roberta se esquivou da sra. Van Horne sem dizer uma palavra. A mulher a tocou novamente, mas Roberta uivou e a acertou com soco, cujo alvo era Haraniel.

Eu me postei entre as duas. Não estava em condições de arranjar mais problemas, mas não queria saber o que aconteceria se ela pusesse as mãos em Haraniel.

— É melhor nos acalmarmos — sugeri em um tom afiado feito faca.

A garota virou o rosto para mim, mas não havia nada em seus olhos. Senti um calafrio e recuei um passo, esbarrando em Haraniel. Estremeci ao sentir a mão de Edith em meu ombro.

Um funcionário se aproximou e levou Roberta embora antes que ela começasse a se exaltar. Senti um suor gelado de medo se acumular na pele, mas Haraniel apertou meu ombro e uma coragem calorosa se espalhou das pontas de seus dedos para meus ossos.

— Vamos embora — disse elu. — Já aconteceu coisa demais por hoje.

Ajeitei a mão da sra. Van Horne na dobra do meu cotovelo e seguimos juntas em direção a saída, acompanhando Haraniel.

— Como a senhora sabia o nome dela?

— Já conversei com a mãe dela. É uma história muito triste. Ela encontrou Roberta na cama, coberta de terra e... exatamente como está agora. Igualzinha a Mathilda.

— Há quanto tempo ela está aqui?

— Desde novembro.

— Novembro — repeti. — Pode me dar licença por um instante?

Parei no posto de enfermagem e uma mulher ruiva me cumprimentou com um sorriso educado.

— Sim?

— Gostaria de fazer uma pergunta sobre uma das pacientes, Roberta Howard. Sabe me dizer quando ela foi internada?

Ela franziu a testa e seus lábios se contraíram.

— Por que gostaria de saber?

— Foi por volta de sete de novembro?

Seus olhos se arregalaram. Eu a fisguei pela curiosidade.

— Sim, foi. Por quê?

É claro que eu não responderia, não sem antes verificar se havia provas. Pretendia levantar uma lista de todos os Howard de Chicago assim que pusesse as mãos em uma lista telefônica, mas desde já estava disposta a apostar cada centavo das minhas economias que a família dela morava perto do local de um assassinato.

— Não é importante — respondi. — Obrigada.

Haraniel não disse nada.

Acompanhamos a sra. Van Horne até seu Packard. Ela se sentou no banco do motorista com a bolsa no colo e inclinou a cabeça para procurar as chaves. O formulário de consentimento para o eletrochoque de Mathilda se desenrolou, levemente amassado, e desviei o olhar para dar a ela um pouco de privacidade. Era uma coisa horrível perder a própria filha, mais ainda quando se podia ver o corpo dela, ainda vivo, respirando, mas completamente vazio e tão distante da pessoa que um dia fora.

A fivela dourada da bolsa se fechou com um clique e a sra. Van Horne baixou o vidro da janela, oferecendo a mão pequenina.

— Obrigada — agradeceu. — Não sei por que vieram ver Mathilda hoje, mas vou falar com os funcionários da cozinha sobre as cebolas.

Nos afastamos do carro quando ela deu partida e saiu da vaga.

Tirei o maço de cigarros do bolso e acendi um. Andorinhas pousaram na neve e saltitaram para mais perto de nós, rodeando os pés de Haraniel. Pardais voavam no céu. Olhei de volta para Dunning, tentando descobrir qual das janelas maiores pertencia à sala comunitária.

Todas as peças se encaixavam, mas naquele momento eu só precisava de um cigarro. Fumar não faria com que a verdade desaparecesse, mas eu precisava de mais um minuto e da fumaça para me estabilizar.

Tive vinte e dois segundos antes de Haraniel se manifestar.

— Qual é nossa próxima pista? — perguntou ele. — O que vamos fazer agora? Entrevistar os Howard?

Os pássaros saltaram para o lado quando soprei fumaça.

— Não. Agora você vai me dizer a verdade.

Haraniel ficou sem reação e desviou o olhar depressa, umedecendo os lábios.

— Como assim?

— Os pássaros, Haraniel. Os sonhos da mãe de Mathilda. A maneira como aquelas garotas se comportaram perto de você.

Haraniel abaixou a cabeça, olhando para o chão.

— Eu achei que um demônio tivesse possuído Mathilda van Horne, mas não é bem assim, não é?

Haraniel virou o rosto para o outro lado.

— Eu não contei a ninguém. Não queria que fosse verdade. Quando Zashiel descobrir, não sei o que vai acontecer. Não pode ser verdade. Não pode.

— Diga, Haraniel.

Ele suspirou.

— Você tem razão.

Não era suficiente.

— Razão sobre o quê?

— Todas essas mulheres eram hospedeiras, e muito frágeis. Com força o suficiente para nada mais do que uma premonição. Devem ter sido escolhidas justamente por esse motivo, para que não suportassem a provação.

Haraniel olhou de volta para mim. Os olhos de Edith eram sombrios.

— O Vampiro da Cidade Branca é um anjo, Elena. E ele precisa ser detido.

4

Tínhamos uma viagem de quilômetros pela frente rumo à cidade e toda a privacidade que poderíamos desejar; ao nosso redor havia apenas cercas de arame e postes rodeando campos vastos cobertos por neve. Alguns estavam desertos e, em outros, via-se uma ou outra cabeça de gado vagando. Eu dirigia com calma. Acendi um cigarro.

— Certo. Quero saber o que está acontecendo.

Haraniel cruzou as mãos sobre os joelhos e murmurou algo incompreensível.

— Desembuche, anjo.

— Eu disse que devia ter contado. Edith está brava porque escondi isso de você.

— Ela sabe de tudo?

— Nós dois entendemos tudo assim que Edith viu as fotografias que você tirou. As escrituras que você não reconheceu são a adaptação humana da língua dos anjos. É o que chamamos de língua enoquiana.

Desviei a atenção da estrada para encarar Edith.

— Aquilo é língua enoquiana?

Haraniel segurou-se no painel do carro com as duas mãos.

— Por favor, preste atenção no volante.

Endireitei o carro e acenei para o homem que nos ultrapassou em alta velocidade sacudindo o punho para mim.

— O enoquiano é o maior e mais profundo segredo da Irmandade. É preciso ser um iniciado de terceiro grau para estudá-lo.

Isso significava que Ted sabia sobre o assunto, o que me deixou com a pulga atrás da orelha, mas ignorei o pensamento e me concentrei na estrada.

— Então é uma língua. Os sigilos que eu não reconheci são ideógrafos? Fonemas? Um alfabeto?

— Um alfabeto. A magia enoquiana permite que o iniciado se comunique com os anjos e peça ajuda.

Bufei.

— Tenho a impressão de que vocês falam a nossa língua aqui muito bem.

— Nós ouvimos todas as orações, Elena. A maioria não passa de demandas. Quero tirar um sete nessa jogada, quero uma promoção no trabalho. Eu quero, eu quero, eu quero. Uma em cada cem orações é interessante o suficiente para ser ouvida, e mesmo assim elas se perdem fácil em meio a todo o resto. O enoquiano funciona como uma linha direta.

— Entendi, só mais um clubinho de garotos. Mas não explica por que um anjo está usando mulheres para assassinar pessoas condenadas.

Haraniel inclinou a cabeça para baixo e estremeceu quando passamos por um buraco com um solavanco violento, mordendo o lábio inferior de Edith.

— O que foi agora, você tem medo de carros?

— Minhas forças estão muito reduzidas depois de curar você e Edith. Se batermos em algo na velocidade em que estamos, ficaremos gravemente feridos.

— Eu sei. Pode acreditar.

— E você não está prestando atenção na estrada.

Bufei mais uma vez, voltando a olhar para a frente.

— Vai ficar tudo bem. Ouça. Marlowe me contratou para encontrar o Vampiro da Cidade Branca porque todas as vítimas fizeram um acordo com ela, mas alguém está roubando essas almas. O que um anjo faria com elas?

Percorremos meio quilômetro antes que ele voltasse a abrir a boca.

— Você já ouviu falar nos Vigilantes?

— Claro. Anjos enviados para vigiar os humanos na Terra.

— Sim, nós éramos os vigilantes, os mais próximos dos humanos. Às vezes próximos até demais.

Olhei para elu de canto de olho.

— Quer dizer...

Haraniel pareceu constrangido.

— Não é o que você está pensando. Tínhamos tanto apreço por nossos humanos favoritos que infiltramos um pedaço de nós mesmos em seus corpos. Os filhos provenientes disso eram chamados de Nefilins, e nasciam com propriedades mágicas e grande potencial criativo. Isso foi passado de pais para filhos e a maioria das linhagens se diluiu com o tempo, mas ainda há fortes descendentes. Como Edith, por exemplo. Como você.

Aquilo me pegou desprevenida. O carro obedeceu à minha reação de surpresa e o motor rugiu quando pisei forte no acelerador. Haraniel esticou o corpo para agarrar o volante, mas afastei sua mão.

— Pare com isso.

— É perigoso!

— Está tudo sob controle. — Voltei os olhos para a estrada mais uma vez. — Quer dizer que seus tataranetos eram magos e médiuns, então?

— O que fizemos resultou em caos no Céu. Nos deram ordens para abandonar a Terra e receber nossa punição. Alguns foram e acredita-se que foram perdoados. Outros desobedeceram. Nós desobedecemos.

— Você disse não para Deus? Até onde eu sei Ele não gosta muito disso.

Haraniel comprimiu os lábios e balançou a cabeça, evasive e ao mesmo tempo parecendo arrependido.

— Nós éramos os vigilantes, estávamos aqui para proteger e orientar vocês. Se os deixássemos sozinhos... Mas as ordens do Céu eram mais importantes do que o senso de responsabilidade que tínhamos em relação a vocês. E assim o caminho para o Céu se fechou.

As grandes fazendas começaram a dar lugar a casas em lotes menores à medida que nos aproximávamos da cidade. Estávamos entrando na fronteira, no cinturão de propriedades que não era bem a cidade e já não era mais o campo.

— E agora vocês estão presos aqui embaixo. E você quer voltar?

Haraniel deitou a cabeça no encosto do banco e suspirou.

— Estamos cansados, Elena. Estamos cansados e fracos. Antes, eu conseguiria destruir cidades muradas, devastar exércitos, translocar-me para onde desejasse. Agora sequer posso trazer sua alma de volta para seu corpo se você morrer. Sou apenas uma sombra do que já fui um dia.

Avistei um posto de gasolina e entrei, estacionando ao lado da bomba. Dei ao rapaz dois dólares para encher o tanque. Haraniel se encolheu em seu assento, encarando as próprias mãos. Deixei que permanecesse em silêncio porque, sinceramente, eu precisava de um tempo para pensar. Muita coisa não estava sendo dita; eu tinha certeza disso. Haraniel continuava evitando a minha pergunta.

Esperei até que estivéssemos de volta na estrada.

— Você ainda não me contou por que um anjo precisaria de uma alma condenada.

— Não quero pensar nisso.

— É tão ruim assim? — Olhei para elu. — De que servem essas almas para vocês? Na verdade, de que servem para os demônios?

— Elas têm valor inestimável. Com o poder de uma alma humana nas mãos, eu seria capaz de fazer coisas que não consigo fazer há séculos.

— Então o que quer que esse anjo esteja tentando fazer, é algo tão poderoso que é necessária uma alma inteira para tornar isso possível? Não. Mais de uma, não é? Isso é porque querem fazer mais de uma tentativa ou porque precisam de muito poder para potencializar a operação?

— Eu não sei.

— Não diga isso. Para que um anjo precisa de tanto poder? O que é tão importante a ponto de fazer esse tipo de coisa?

Haraniel balançou a cabeça, mas eu já tinha entendido tudo. Não se faz o impensável para conseguir algo que deseja, mas sim para recuperar algo perdido. Chicago se estendeu à nossa frente.

— Elu quer voltar para casa. Está tentando abrir o caminho para o Céu.

— Sim. Acho que sim.

— Mas por que essas almas?

— Elena — disse Haraniel. — A resposta não é óbvia?

Voltei minha atenção para a rua sombria. Eu realmente não precisava perguntar. Aquelas almas eram escolhidas porque dessa forma o anjo não estaria negando o destino dos justos ou prejudicando uma alma que tinha o potencial para encontrar o caminho privilegiado do Céu. Os condenados já haviam se privado dessa possibilidade. Para o anjo, não seríamos considerados vítimas.

Paramos em uma esquina para que um grupo de crianças de bochechas rosadas atravessasse a rua, conduzidas por suas mães. Meu estômago se contraiu quando pensei nos sigilos e nos traços de sangue sobre a neve.

— Aquelas marcas eram para uma invocação?

Haraniel mal se fez ouvir sobre o ruído do motor.

— Sim.

— O que... quem o anjo está invocando?

— O mais poderoso de todos nós — respondeu Haraniel. — Se há alguém que pode abrir o caminho para o Céu, esse alguém é o Arcanjo Miguel. O símbolo na parede e no peito da última vítima era o nome dele.

124

5

Aquela resposta me calou enquanto entrávamos no trânsito de Chicago. Eu era só mais um carro em uma fila de motoristas que se dirigiam para jantares de domingo e noites em família. De repente me dei conta de uma coisa e abri a janela para respirar um pouco do ar de inverno.

— Marlowe disse que eu seria a próxima, que o caso seria como um incentivo. Mas não fui. Você estava por perto, e quem quer que esteja tentando invocar o arcanjo não quer se meter com você.

— Temos que agir depressa. Talvez o assassino não saiba que nós já sabemos. Tenho que contar a Zashiel.

— E eu tenho que falar com Marlowe. Teremos mais chances se ela me disser quem serão as próximas vítimas.

Haraniel fez uma careta.

— Talvez não devêssemos nos separar. Você está segura no Edifício Confiança. As proteções que lançou são muito eficazes.

— Obrigada.

Se ele percebeu meu tom de voz, não deixou transparecer.

— No entanto, entrar em contato com Marlowe é um problema. Não posso me aproximar de um demônio, acho que não conseguiria me controlar.

— Há mais um problema — eu disse. — Estou indo de um lado para o outro desde as três da manhã. Preciso de comida. E de descanso.

— Não temos tempo para nada disso.

Estacionei o carro e desliguei o motor.

— Não vou poder ajudar em nada se estiver desmaiada de fome.

Haraniel não parecia muito contente, mas abriu a porta do passageiro e caminhou pela calçada coberta de neve em direção ao Joe's. Peguei a aliança de ouro simples que sempre levava comigo e a pus em meu dedo.

— Aqui. O anel da Edith. Coloque-o.

Haraniel revirou os olhos, mas colocou o anel. Elu abriu a porta para mim e o ar quente com cheiro de gordura aqueceu meu rosto. O balcão comprido e suas banquetas redondas estavam vazios, e as mesas com sofás de vinil verde se enfileiravam na parede próxima às janelas. "Moonlight Serenade" tocava no jukebox. Nossa cabine de sempre estava vazia, e exemplares do *Tribune* estavam ao lado do caixa.

— Onde está a Dorothy? — chamei, e a garçonete do outro lado da lanchonete acenou para a nossa mesa.

Atravessamos o linóleo verde e preto e tiramos nossos casacos até que Dorothy veio servir nossas xícaras de café, deixando um espacinho na de Edith.

— O prato de hoje é carne assada e legumes refogados com purê. Torta de maçã de sobremesa. — A voz de Dorothy era doce e o café balançou dentro da jarra de vidro redonda quando ela a apoiou na mesa.

— Carne assada. Que delícia — disse. — Edith?

— O mesmo — respondeu Haraniel e, depois de um instante, lembrou-se de sorrir. — Obrigada.

Dorothy se curvou e cutucou o ombro de Haraniel.

— Acordou com o pé esquerdo, Edie?

Haraniel balançou a cabeça.

— Só estou meio pra baixo.

— Eu a fiz perder o episódio de *Mistérios do Interior do Santuário* que ela tanto gosta. — Intervim no interrogatório de Dorothy. — Ela está me ajudando com um projeto.

— Ah, nossa, o programa de hoje foi muito bom — comentou Dorothy, empolgada, e tirou o bloco de notas do bolso. — Foi de arrepiar. Que pena que você não ouviu.

— Vou pedir ao meu chefe para me deixar ler o roteiro no trabalho amanhã.

Haraniel disse aquilo com um sorriso amarelo, o que fez Dorothy inclinar a cabeça. Dorothy conhecia Edith, e Haraniel não era uma Edith convincente.

Precisei intervir novamente.

— Estão transmitindo o jogo?

— O rádio está na cozinha. Quer ouvir?

— Não, não. Só quero saber quanto está. — Sorri para ela por cima da xícara. — Obrigada, boneca.

Ela se afastou e eu respirei fundo, aliviada.

— Essa foi por pouco. Talvez devêssemos ter ido para outro lugar.

Um lugar onde os funcionários não nos conhecessem e onde não cozinhassem a carne assada com um pouco de cerveja, mas onde não haveria chance de comprarem a história da engenheira de som e da assistente de investigação que se encontravam todos os domingos para pôr os assuntos em dia. Haraniel deu de ombros e pegou a xícara de café.

Elu tomou um gole ávido e seus olhos se arregalaram, então Edith fez uma careta e devolveu a xícara à mesa.

— Eca.

— Edith põe creme e açúcar.

— Isso é... Por que vocês ingerem isso? Não responda.

Haraniel fechou os olhos e Edith os abriu. Edith sorriu para mim, com um canto da boca um pouco mais alto que o outro. Senti um calor em meu peito e um frio na barriga e tive que me segurar para não estender a mão para ela do outro lado da mesa.

— Oi.

— Oi — respondeu Edith.

Ela pegou o creme e o açúcar e preparou sua xícara do jeito certo. Minha Edith. Ela tocou o pé no meu sob a mesa. Eu não podia sorrir para ela assim. Alguém perceberia.

O silêncio se seguiu ao final de "Moonlight Serenade" e Edith mexeu o açúcar em sua xícara.

— Preciso de uma moeda.

— Eu tenho.

Nossas mãos se tocaram quando deslizei a moeda pelo tampo da mesa e acariciei as pontas de seus dedos com o meu polegar. Ela inseriu a moeda no console em nossa mesa e se pôs a folhear as páginas de música. Ela escolheria Billie Holiday e Tommy Dorsey para que cantassem as palavras que não podíamos dizer enquanto ficávamos ali, conversando sobre moda, trabalho e nossas vidas de mentira.

— O jogo foi um a zero — contou Dorothy, deslizando os pratos de carne lentamente diante de nós.

— Foi rápido.

— Vocês sempre pedem o especial de domingo. Está tudo bem mesmo?

— Tudo ótimo.

Dorothy se afastou em passos ágeis e Edith cantarolou "Say It (Over and Over Again)" junto com Frank Sinatra. Sorrimos uma para a outra e depois mergulhamos em nossos pratos.

Não conversamos muito, concentradas em reabastecer nossos corpos privados de comida e descanso. Eu poderia dormir por cem anos, mas teria sorte se conseguisse fechar os olhos por três horas.

Por fim, Edith se recostou no sofá e suspirou, terminando o café.

Ela olhou para o último pedaço de massa de torta no meu prato e arqueou as sobrancelhas.

— Você está bem?

— Eu é que deveria estar perguntando isso a você.

Ela deu de ombros.

— Estou bem. Só cansada.

— Você deveria dormir.

Ela olhou em volta antes de chegar mais perto, inclinando-se sobre a mesa.

— Nós deveríamos dormir.

Não nos demoramos em conversa. Deixamos o dinheiro e a gorjeta na mesa e saímos. Como o carro estava estacionado em um bom lugar, seguimos pela State até o Edifício Confiança. Passamos pelo saguão escuro e protegido e quando finalmente entramos os dedos de Edith se enroscaram nos meus.

— Eu deveria ter contado.

— Era um segredo, não era?

Ela deitou a cabeça em meu ombro.

— Nós temos segredos uma para a outra?

— Por que não teríamos? Eu tenho um segredo.

Ela estendeu a mão para acariciar minha bochecha, seu polegar deslizando em minha pele.

— Não precisa me contar, Helen. Nada vai mudar.

Ela estava certa, nada mudaria. Isto é, se eu descobrisse como aprisionar um anjo e recuperar minha alma eu jamais teria que contar a ela. Mas queria fazer isso quando tudo acabasse, queria expurgar isso da minha alma assim que a conseguisse de volta. Eu explicaria tudo, e ela entenderia e continuaria me amando de qualquer forma.

— Mas meu segredo era grande demais para guardar só para mim, não é? É que eu não sabia como explicar...

— Escute, para mim você é exatamente quem era antes de eu saber sobre a existência de Haraniel, está bem? Mesmo que ele saiba o que nós...

Mordi a língua. Edith sorriu para mim e saiu do elevador primeiro quando as portas se abriram.

— Acho que temos tempo para isso.

Eu a segui pelo corredor e nós praticamente corremos até o meu escritório.

6

Não consegui encontrar cicatrizes ou um machucado sequer ao tocar Edith no escuro. Ela ria enquanto eu a tateava às cegas.

— O que está fazendo?

— Você levou tiros. No parque. — Não parei de tocá-la, mas dessa vez era apenas pelo prazer de sentir sua pele macia.

Ela se sentou e tocou meu ombro.

— Você também. Doeu?

— Sim, mas não parecia real. Você se feriu?

— Apenas no abstrato. Haraniel cuidou disso. — Ela suspirou e correu as pontas dos dedos pela minha mandíbula. — Eu devia ter contado. Haraniel e eu somos parte um do outro há muito tempo.

— Como foi que isso aconteceu?

— Eu orei e elu respondeu. Era criança quando Haraniel veio até mim pela primeira vez. Elu cuida de mim há anos, sempre esteve presente. Até que um dia eu finalmente entendi o que elu estava fazendo e o que esperava de mim. Então aceitei e me ofereci para ser sua hospedeira.

Eu me apoiei em um cotovelo para poder observar o brilho suave da cidade em seu rosto.

— Então elu está dentro de você?

— Os anjos exilados na terra acreditam que, se conseguirem se unir a um hospedeiro para viver uma vida humana, ascenderão ao Céu no momento que o hospedeiro morrer.

— É mesmo? Isso acontece?

Edith se virou de frente para mim e entrelaçou nossas pernas.

— Ninguém sabe. Mas é preciso ter fé.

— Soa familiar — eu disse. — Mas o Vampiro da Cidade Branca não tem tanta fé assim.

— Pelo que sei, não é algo fácil de ser feito. Os exilados não estão acostumados com humildade, e viver uma vida humana, ou seja, abrir mão da própria autonomia, é desafiador justamente neste aspecto. Mas quando eu vi aquela fotografia, quando nós vimos, foi demais.

— Então, a rigor, Haraniel não devia estar no controle.

— Isso mesmo — respondeu Edith. — Haraniel não deveria estar tão envolvide, mas elu montou o quebra-cabeça e está... Bem, *enojado* mal descreve o sentimento. O que esse anjo corrompido está fazendo é abominável. Elu precisa ser detido.

Abaixei a cabeça e a puxei para mais perto de mim.

— Envolver você nessa confusão era a última coisa que eu queria. Eu só quis que você ficasse em segurança, e, no fim das contas, você é uma guerreira.

— Haraniel é le guerreire — corrigiu Edith. — Elu geralmente se contenta em ficar dentro de mim, mas essa situação é importante demais para isso. Quando tudo acabar, elu vai se acalmar novamente. Agora feche os olhos, você precisa dormir.

Ela se aninhou em mim e apagou um minuto depois. Eu precisava muito dormir, mas fiquei observando a geada que subia pelas janelas. Estávamos seguras e quentes, graças ao aquecedor ronronando no canto do quarto. Afundei meu nariz no cabelo de Edith e inspirei fundo, fechando os olhos e relaxando.

Tentei pegar no sono, mas eu voltava a ficar nervosa sempre que estava prestes a apagar; o sono era muito parecido com o desamparo da translocação. Eu não conseguia me soltar. Talvez nunca mais fosse conseguir relaxar nos braços de Morfeu.

Levou muito tempo até que eu perdesse aquela luta e descansasse.

E de repente eu estava completamente alerta outra vez, com um pé descalço no tapete de tecido e o outro no piso frio, com a arma na mão. Algo tinha fragilizado minhas proteções. O ar parecia gelado, vulnerável. Eu me agachei e segui pelo chão de madeira, entrando abaixada na sala de estar do escritório. As luzes do corredor lá fora brilhavam do outro lado do vidro fosco da porta, onde se lia BRANDT INVESTIGAÇÕES — ENTRE SEM BATER.

E alguém entrara. Uma sombra estava sentada à mesa, irreconhecível no escuro, usando um chapéu de aba larga e tamborilando com os dedos sobre o braço da cadeira.

Baixei a arma e soltei um suspiro, apertando o interruptor e dando de cara com Ted.

ATO 5

1

Ali, sentado na minha cadeira, Ted sorria como se tivesse conseguido um feito impressionante. E de fato tinha: ele conseguira entrar sem disparar nenhum dos alarmes que deveriam ter sido ativados se um mago passasse pelas portas de entrada do prédio, ou entrasse no elevador, ou pisasse no chão de mármore italiano antes de chegar à minha porta, também repleta de armadilhas. Na verdade, ele provavelmente estava se divertindo com a ideia de ter neutralizado as minhas proteções.

Eu estava plantada diante de Ted com as mãos nos quadris, exatamente como nossa mãe costumava nos esperar quando voltávamos correndo para casa depois de passar o dia todo brincando na rua. Então sua expressão mudou e ele sorriu, dessa vez envergonhado, e endireitou os ombros. Continuei a encará-lo sem dizer nada até ele se mexer na cadeira, inquieto. Me mantive em silêncio e ergui um pouco a cabeça. Os anos entre nós haviam desaparecido.

— Desculpe, Hells. Eu precisava falar com você.
— Eu tenho um telefone, sabia?
Ele deu de ombros, com um sorriso travesso outra vez.
— Você demorou para acordar.
— Eu estaria esperando por você na porta se você não tivesse quebrado minhas proteções. Foi muito rude da sua parte.
— A maldição que você adicionou em suas proteções para marcar os Irmãos da Bússola é igualmente rude — ele retrucou. — Não vai me perguntar por que estou aqui?

— Não, porque eu sei o que você vai dizer. *Fique fora disso, Hells. É perigoso. Você não sabe com o que está lidando.* Estou me esquecendo de alguma coisa?

Ted entrelaçou os dedos sobre a barriga e inclinou a cadeira para trás, equilibrando o corpo apenas sobre as pernas traseiras.

— Tudo bem. Olha só, eu tenho um plano e não posso permitir que você estrague tudo. Eu só preciso de um dia. Um dia e serei todo seu.

— Amanhã é meu último dia. Se é que já não parto amanhã mesmo.

— Tranque-se aqui e espere. Eu vou cuidar de tudo.

— Ah, claro. Por que não? Você sai por aí para executar seu plano enquanto eu leio um livro de pijama e espero pela morte.

— Confie em mim.

— Eu preciso me salvar, Ted — insisti. — Há um anjo à solta assassinando pessoas.

Seus olhos se arregalaram por um instante, mas ele voltou a sorrir pouco depois, com a expressão de cumplicidade que sempre me conquistara.

— É mais complicado do que isso.

— Complicado demais para que eu consiga compreender com meu pequeno e delicado cérebro feminino?

— Por favor, Hells. Será que você pode confiar em mim?

— Ted, você acha mesmo que vou ficar de braços cruzados só porque você invadiu meu escritório para pedir que eu fizesse isso? É a minha alma que está em jogo.

— Você não deveria estar metida nisso, para começo de conversa.

Suspirei.

— Não quero discutir. Pode me passar o fósforo?

Ted voltou o olhar para a caixinha sobre a mesa e ela se ergueu no ar, flutuando pela sala e aterrissando perfeitamente em minha mão.

Peguei o maço meio amassado e puxei um cigarro, distraída com o riscar do fósforo e o clarão do fogo.

— Ainda consegue, hein? — observei, soprando fumaça.

Ted deu de ombros.

— E imagino que ainda tenha visões ao tocar nas coisas.

— Não mais. Teria sido útil em casos de desaparecimento. Agora me conte como você pretende me resgatar do fogo do inferno e por que eu deveria permitir que você faça vista grossa enquanto um anjo sacrifica almas.

Os lábios dele se curvaram.

— O que você já sabe?

— O suficiente para ter um bom palpite.

Traguei meu cigarro.

— Os Irmãos da Bússola têm uma forte parceria com anjos exilados há tempos, mas nossos amigos alados perderam a força que costumavam ter. Agora querem voltar lá para cima antes que o poder desapareça completamente e, quando conseguirem, sua gratidão resultará em mais poder para a Irmandade.

Ted umedeceu os lábios e continuou:

— Posso ajudar você. Não consigo trazê-la de volta para a Irmandade, mas posso salvar sua alma. Você deu tudo de si para me salvar.

— Por isso você consegue deitar a cabeça no travesseiro e dormir tranquilamente apesar de tudo o que esse anjo está fazendo? — perguntei. — Uma alma condenada para cada alma salva? Ignorar uma condenação para me salvar da minha? E quanto a Rouxinol e todos os outros?

— Eles não sacrificaram as próprias almas por amor. — Ted balançava a cabeça. — Queriam dinheiro. Fama. Atenção. Você se sacrificou por mim.

— Mas todos nós estamos condenados. — Fechei meus olhos, reunindo forças. — E quanto aos hospedeiros que o Vampiro da Cidade Branca usou para cometer os assassinatos? E quanto a todos os inocentes apodrecendo em Dunning?

Ele pareceu confuso.

— O quê?

A expressão atônita de Ted fez minhas têmporas latejarem.

— Você não sabe o que acontece com os hospedeiros. — Dei um suspiro. — Naquela noite em que mostrei o encantamento do sangue para você, se lembra dos rastros que sumiram de repente no meio da rua? Foi onde o anjo jogou Mathilda van Horne como se fosse um par de meias sujas.

Ted endireitou as costas e baixou o olhar.

— Eu imaginei que a hospedeira tivesse sido atropelada por um carro. Coloquei um investigador para descobrir isso.

— Parece que esconderam isso de você, então. Caso contrário imagino que não concordaria. Seu anjo usa mulheres como hospedeiras. Garotas, para ser mais exata. Todas elas vêm da linhagem nefilim, mas não são fortes o suficiente para aguentar os efeitos, então o assassino as usa e depois as descarta.

Ele olhou para mim, parecendo se dar conta do que suas boas intenções tinham causado. Fiquei parada em meio ao silêncio, sentindo o calor do radiador na lateral do meu corpo. O cigarro crepitou suavemente quando dei mais uma tragada.

Senti uma pontada na nuca. Perigo. Onde? O quê?

Ouvi alguma coisa. O zumbido grave e ameaçador: o elevador de um prédio comercial vazio subindo até o décimo quarto andar.

Ergui a arma. Ted também. Mas nenhum de nós atirou quando a porta se abriu e Delaney apareceu, empunhando a pequena pistola automática apontada diretamente para o meu peito.

Ted abaixou a arma.

— Delaney. Não precisamos fazer isso.

— Ela merece uma bala na cabeça.

— Não fale assim da minha irmã. — Teddy se levantou e foi até Delaney, posicionando-se entre mim e a arma que ele segurava. — Isso não é necessário. Ela vai cooperar.

— É o que pretende fazer com sua barganha? Salvar sua irmã, a feiticeira?

— Sei que o Perfeito disse que ela seria o único canal forte o suficiente, mas você não pode usá-la para a última manifestação.

Minha garganta ficou seca. O anjo precisava de um corpo descendente dos nefilins e eles não podiam pegar uma mística qualquer para fazer esse trabalho, precisavam de alguém mais forte.

Eu não fora uma vítima do Vampiro da Cidade Branca porque ele pretendia usar meu corpo como hospedeiro.

E Ted, meu irmão tão doce e tão tolo, tinha caído feito um patinho, aparecido em meu território protegido e derrubado todas as minhas barreiras. Ele queria me manter em segurança, mas em vez disso derrubara as minhas proteções acreditando que conseguiria cuidar de tudo sozinho.

— Sim, você tem razão — disse Delaney. — Não podemos usá-la para a última manifestação. Ela está condenada, nunca seria um canal digno para a primeira espada do exército de Deus.

Os olhos de Delaney refletiam a luz fluorescente do corredor como espelhos. Naquele momento, me lembrei de como tinham refletido também o flash da minha câmera na fotografia que tirei dele e de Ted no beco, de forma tão semelhante ao que acontecia com as fotos de Edith.

Não.

Ted encolheu os ombros de leve. Empunhei a arma na frente do peito e ajustei minha postura. Meu coração martelava no peito.

— Ted...

A porta da sala rangeu e Edith apareceu, desarmada e usando suas roupas de dormir.

Abaixe-se! Tentei gritar, mas Edith atravessou a sala e avançou diretamente contra Delaney. Nesse momento, tive a impressão de estar despencando em um precipício. Edith, a mulher mais pura, mais digna, até então segura dentro dos limites de minhas proteções. É claro que não era a mim que queriam, mas ela. Delaney se esquivou de Edith e agarrou Ted pelo punho.

— É você, Feiticeiro Brandt. Você é o escolhido — declarou, e uma luz resplandeceu ao redor dos dois um segundo antes de Delaney e meu irmão desaparecerem no ar.

2

Os dois desapareceram, deixando para trás apenas um borrão no ar onde tinham estado um segundo antes. A imagem do meu irmão e do anjo que o levara parecia estar impressa em minhas pálpebras como um negativo. Encarei o vazio, tentando reconstruir o que estivera ali momentos antes pela mera força do pensamento, sentindo o coração sendo esmagado e um grito preso na garganta. Ted desaparecera, fora levado, raptado. Ele era o receptáculo digno que meu corpo sem alma jamais poderia ser.

A culpa era toda minha.

Senti as mãos de Edith apertando meu braço.

— Elena!

A imagem do meu irmão e do anjo evaporou no ar quando o último fragmento da presença deles se transformou em nada. Ted se fora. De repente me deparei com Haraniel, que me observava através dos olhos de Edith.

— Elena. — O aperto de Edith se afrouxou e ouvi um estalo agudo próximo à minha orelha direita, depois à esquerda. — Elena. Precisa se concentrar. O que aconteceu com as proteções?

Eu prendera a respiração para não gritar, então soltei o ar e respirei fundo.

— O que aconteceu com as proteções? — elu repetiu.

— Eu não sei. — Haraniel me arrastou de volta para o cômodo onde ficava minha cama, pegando roupas e atirando-as em mim. — As proteções, Elena. Aonde foram parar? Nós estávamos protegides.

Peguei uma calça e a vesti em uma das pernas, pulando num pé só e a puxando até a cintura. Haraniel arremessou um sutiã, que agarrei no ar.

— Ted quis bancar o engraçadinho e quebrou todas elas para entrar e falar comigo.

Haraniel abotoou os botões da blusa de Edith nas casas erradas, proferindo uma série de sons ríspidos. Eu não precisava falar aquela língua para entender do que se tratava.

— Precisamos de ajuda, depressa. Zashiel pode chamar os outros.

Calcei os sapatos sem meias e atravessei a sala para pegar meu revólver, apanhando em seguida meu sobretudo e meu chapéu que estavam nas mãos de Haraniel.

— Precisamos correr — insistiu o anjo.

Coloquei a mão nos bolsos e senti o toque suave da seda encantada. Continuei segurando a arma e assenti, embora por dentro estivesse gritando em desespero por ter que enfrentar o vazio novamente. *Que se dane isso. Levaram meu irmão.*

— Vamos logo.

Nós nos despedaçamos em seis bilhões de pedaços e nos reagrupamos de volta dentro da igreja de Santo Estanislau. Os santos que nos observavam de cima não me deixaram nervosa dessa vez, e olhei com atenção para aquele que estava em um lugar de destaque: Miguel, o arcanjo, com uma espada nas mãos. Senti uma gota de suor frio escorrer pelo pescoço.

— Haraniel...

Mas ela já corria a toda velocidade rumo à sacristia. Eu fui atrás do corpo de Edith, mas ela era muito mais rápida do que eu e desceu as escadas antes que eu pudesse detê-la. Saltei sobre os últimos degraus tentando diminuir a distância. *Haraniel. Haraniel, pare. Espere.*

Haraniel parou diante de uma porta de ferro e vim logo atrás, engasgada com o cheiro de franquincenso. *Pare. Pare!*

O anjo no corpo de Edith abriu a porta e entrou de supetão.

— Zashiel! Aconteceu uma coisa horrível...

Tarde demais. Eu le alcancei e pousei a mão em seu ombro, mas era tarde demais.

Estávamos em uma sala ampla que seria perfeita para aulas de catecismo se não fosse pelo fato de que cada centímetro das paredes estava coberto de sangue. Havia símbolos desenhados por todas as superfícies — eram tantos que eu não conseguiria decifrá-los nem se tivesse um mês inteiro, e não tínhamos nem mesmo um minuto.

Eu já tinha entendido. Os símbolos estavam espalhados pelo chão e pelas paredes, cada linha traçada pela mesma mão. Proteção. Súplica. Invocação.

E algemado de joelhos no chão, eu vi Ted, completamente nu e se debatendo com todas as suas forças na tentativa de se libertar. Zashiel estava de pé diante dele e derramava um líquido claro em sua cabeça, cantando em latim: *Purificai-me com hissopo e serei limpo; lavai-me e serei mais alvo do que a neve.*

O ritual já começara.

Haraniel pôs a mão dentro do casaco e puxou um punhal prateado e brilhante cuja lâmina era gravada com glifos enoquianos. Elu ergueu o braço e, diante de nossos olhos, o punhal se alongou, transformando-se em uma espada e emanando uma aura de poder que me arrepiou por inteiro. O corpo de Edith pareceu se tornar mais alto e estremeci em deslumbramento e pânico quando a sombra das asas de Haraniel se projetou sobre os ombros de Ted.

— Zashiel — bradou elu. — Pare imediatamente. Arrependa-se.

De onde eu estava, conseguia ver que suas mãos tremiam.

Zashiel olhou para cima por meio segundo e franziu os lábios.

— Haraniel. Finalmente acabou. É hora de irmos para casa.

Zashiel segurou meu irmão pelo cabelo molhado e sacudiu seu corpo como se fosse uma marionete, mas Ted continuou a se debater contra as algemas. Lutei contra o impulso de correr até Ted, atacar Zashiel e bater sua cabeça no chão coberto de glifos até que ele parasse de respirar. O instinto de violência rasgava meu crânio como um relâmpago vermelho.

Fiquei parada, esperando, com as mãos enfiadas por dentro do punho do casaco.

Haraniel ergueu a espada um pouco mais alto.

— Irmão. Por favor. Se fizer isso, Theodore morrerá.

Zashiel deu de ombros, a boca em uma expressão de desdém.

— Ele foi arrancado de seu verdadeiro destino anos atrás. Theodore anseia por sua partida para o Céu desde então.

Lancei um olhar angustiado para Ted. Era verdade? Ele queria... Ted tentou dobrar o polegar outra vez, em mais uma tentativa de soltar as mãos. Pude ver que ele estava quase quebrando as próprias articulações. Haraniel se aproximou e Zashiel passou a observá-le com um pouco mais de atenção.

— Acha que terá um lugar no céu com as mãos manchadas de sangue, Zashiel? Isso é monstruoso.

Isso. Continue falando. Olhei fixo para Ted, desejando que ele olhasse de volta, pensando nele o mais intensamente que conseguia. *Ted. Teddy. Ted, olhe para mim. Olhe...*

Ele levantou o rosto e me olhou nos olhos.

— Eu fiz o que precisava fazer — vociferou Zashiel. — Cada dia aqui nos enfraquece ainda mais, a cada dia nos afundamos neste limbo. Estamos à beira do abismo, Haraniel! Você não vê o que será de nós se não retornarmos agora?

— Há um caminho de volta para todos nós — disse Haraniel. — E você o conhece. Viver com humildade, unides a nossos hospedeiros em uma vida mortal. Viver uma vida dedicada a fazer o bem, encontrar a morte da carne junto a nossos hospedeiros e assim ascender aos Céus, onde poderemos nos arrepender...

— Tantos anjos mortos e desaparecidos, todos prometendo enviar um sinal. — Zashiel balançou a cabeça como se sentisse pena de Haraniel. — Nenhum deles jamais enviou nada. Nós esperamos por séculos. Não importa quanto tenhamos aguardado ou o que tenhamos feito, não houve sinal de nenhum deles.

A ponta da espada de Haraniel desceu meio centímetro. O anjo de Edith fitava o líder com um olhar de incredulidade e profundo pesar.

— Zashiel, você caiu — disse elu, e sua voz tremeu no ar parado. — Minhe amigue, minhe queride amigue. Você perdeu a fé.

Zashiel estremeceu e, em um ímpeto de fúria, endireitou as costas.

Hells.

Era a voz de Teddy em minha cabeça, clara como a luz do dia. Tirei a mão de dentro do punho do casaco e joguei a chave mestra em um arremesso leve, mas ela aterrissou à esquerda do joelho de Teddy com um baque audível.

Merda.

Haraniel virou o rosto na direção do som. Nesse momento, Zashiel ergueu as mãos e contorceu os dedos, empurrando o ar. A espada de Haraniel imediatamente foi ao chão e ele voou contra a parede, batendo a cabeça. Haraniel levou a mão ao pescoço de olhos arregalados e boca aberta.

Zashiel fez uma careta.

— Tolerei essa interrupção por tempo suficiente.

Merda. Só restava uma coisa a fazer, e eu era a única pessoa que poderia fazê-la. Me postei na frente do corpo de Edith, tirei o revólver do casaco e o apontei para Zashiel.

— Solte Haraniel — ordenei sem permitir que minha voz vacilasse nem por um momento. — Solte os dois.

Zashiel estalou a língua.

— Elena, você conhece os horários caldaicos tão bem quanto eu. Sabe que não posso parar agora.

Não havia tempo para brincadeirinhas. Apertei o gatilho.

Um buraco se abriu na batina de Zashiel fazendo desabrochar uma flor escarlate logo acima de seu coração. Ele cambaleou e soltou meu irmão, levando as mãos ao peito. Atrás de mim, Haraniel desabou no chão, arfando.

— Helen. Zashiel fez alguma coisa. Eu não consigo...

Haraniel nunca me chamava de Helen; aquela era Edith. Fui tomada por uma onda de pânico. Nossa principal arma estava fora do jogo. Agora tudo dependia de mim.

Zashiel recuperou o equilíbrio e me encarou com tanta crueldade que minhas entranhas se transformaram em gelatina.

— Isso *doeu*.

Disparei a arma de novo.

Zashiel recuou com um solavanco, mas dessa vez estava preparade e se recuperou depressa. Com uma expressão de puro ódio, elu se pôs a marchar em minha direção. Um passo. Dois.

Ergui o revólver e disparei outra de minhas balas encantadas em seu pulmão. Algo naqueles projéteis era capaz de feri-le; talvez eu sobrevivesse para descobrir o que era.

Elu cambaleou, tossindo, e um filete de sangue começou a escorrer por sua boca, mas Zashiel continuava de pé. Ajustei a mira e acertei um tiro bem no meio de sua testa. *Caia, desgraçade. Caia e fique no chão.*

Elu continuou a se aproximar mesmo quando mais duas balas rasgaram seu rosto. Agora eu estava sem balas e sem ideias. Tentei golpeá-le, mas elu acertou um soco em minha barriga que me deixou completamente sem fôlego. Zashiel então se abaixou, pegou o revólver e bateu o cabo contra o meu rosto.

Senti um dos meus dentes ser arrancado e o sangue escorrer pela língua. Fiquei de joelhos e tirei o lenço do bolso, limpando a boca com ele. A seda colorida logo se tingiu de vermelho.

— Trégua — balbuciei.

Zashiel riu. Seus ferimentos expeliram minhas balas e os buracos em seu corpo se fecharam. Até mesmo sua pele parecia se regenerar.

— Acha mesmo que eu teria misericórdia de você, alma condenada?

Teddy parou de se debater.

— Deixe meu irmão ir embora. Use a mim — supliquei a Zashiel, que se erguia à minha frente.

Elu me golpeou com minha própria arma outra vez. Aterrissei no chão cheio de glifos e elu chegou mais perto, sorrindo.

— Por que eu deveria me contentar com você se tenho Theodore? Tão poderoso quanto, mas puro. Imaculado. Ainda mais adequado para meu irmão mais velho.

Cobri a boca com o lenço e murmurei contra o tecido enquanto tentava colocar meu dente de volta no lugar.

Zashiel inclinou a cabeça. Seus olhos escuros brilhavam.

— O que você disse?

— Desculpe — respondi com um sorriso ensanguentado. — Eu disse, *O diabole, venī auxiliō meō!*

Abri o lenço e o exibi para Zashiel, mostrando o círculo de invocação pintado na seda e agora munido do meu próprio sangue.

Um cheiro de pólvora e ovos podres misturado ao aroma de mirra-doce e jasmim de Shalimar invadiu minhas narinas e, de repente, lá estava Marlowe, usando um chapéu cinza sobre os cachos platinados. Ela vestia um terno risca de giz trespassado e tinha os lábios vermelhos como sangue abertos em um sorriso.

— Ora, ora, querida. Parece que você encontrou meu ladrão de almas.

— Ele é todo seu — respondi. — Minha alma?

— Também é toda sua, como combinado.

Marlowe estalou os dedos e senti meu peito vibrar como se houvesse um gongo dentro de mim. Minha alma voltara a seu lar, espalhando-se dentro de mim com um formigamento e preenchendo cada nervo, músculo e osso. Eu estava inteira outra vez.

Respirei fundo, enchendo os pulmões de ar.

— Obrigada, querida.

— Foi um prazer — disse Marlowe. — Mas talvez não queira ver isso. Não gosto de mortes rápidas. Pode ser que as coisas fiquem meio feias por aqui.

Um vulto em minha visão periférica foi tudo o que consegui ver antes de Delaney entrar pela porta da sala e atacá-la.

Os dois caíram juntos, bem como o chapéu de Marlowe, que foi esmagado pela confusão de socos e golpes enquanto ambos rolaram pelo chão. Marlowe enterrou a unha carmesim de seu polegar no olho esquerdo de Delaney; era o que ele merecia, mas, de fato, eu não queria ver aquilo.

Corri até Edith, que piscou para mim, desnorteada, tateando a própria nuca. Ela parou por meio segundo para tentar compreender quem eu era antes de olhar por cima do meu ombro.

Ah, merda. É mesmo. Eu tinha uma dança marcada com um anjo que não estava muito feliz comigo depois de receber alguns tiros. Girei e me deparei com a ira dos olhos de Zashiel.

— Desgraçada — bradou elu.

Outro punhal prateado e comprido se manifestou em suas mãos e, observando a arma que provavelmente me mataria, me perguntei se ela teria sido forjada do ferro de uma estrela morta.

Edith tocou minha mão e meus dedos envolveram o cano da arma que eu insistira para que ela levasse por aí. Não seria suficiente para matá-le; no máximo compraria alguns segundos, mas isso ia bastar. Eu não precisava derrotar o anjo, apenas distraí-lo. Disparei as balas encantadas contra Zashiel o mais depressa que consegui. Elu vacilou por um momento e avançou contra mim com sangue escorrendo por todo o rosto.

Ajustei a mira e acertei seu joelho. Isso fez com que elu tropeçasse e, enquanto Zashiel se curvava para ver a bala ser expelida e a carne se recompor, disparei mais quatro tiros em sua cabeça.

Os disparos só serviram para atrair a atenção delu de volta para mim e elu avançou outra vez, imparável, imbatível, com o braço ligeiramente abaixado e preparado para o golpe. Eu me perguntei se iria para o Céu quando aquilo acabasse.

Algo se chocou contra meu quadril e desabei ao chão. Senti uma dor lancinante percorrer o caminho de meu punho até meu cotovelo pouco antes de cair. Meu braço latejava, quente. Algo havia se rompido. Nesse momento olhei para trás.

Edith estava de pé em meu lugar.

Zashiel a apunhalou com um movimento preciso de cima para baixo, atingindo-a em cheio na altura do plexo solar. Edith, de olhos e boca arregalados, emitiu um silvo suave em vez de um grito.

Não. Não, não pode ser. Não.

Zashiel puxou a lâmina e Edith caiu para a frente, seu sangue jorrando sobre os glifos da invocação.

Finalmente me pus de pé. Tarde demais. Era tarde demais. Edith virou o rosto para mim, procurando o meu com seus olhos azuis da cor do céu. Cheguei até ela no exato momento em que a luz de seu olhar se apagou e agarrei seu corpo quando suas articulações cederam e ela desabou.

Não. Por favor. Edith...

Zashiel rosnou e veio em minha direção com a faca coberta pelo sangue de Edith.

Minha vida não valia muita coisa, mas quis lutar por ela mesmo assim. Segurei o punho do anjo, pressionando um ponto sensível na esperança de fazê-le soltar a lâmina; elu manteve o controle e rapidamente se desvencilhou, erguendo-se sobre mim outra vez com o punhal em riste. Minha única chance seria desarmá-le, mas não fui capaz. Estava sem saída.

Zashiel olhou no fundo de meus olhos com os dentes à mostra — e então, de repente, um jorro de luz saiu de seus olhos, seu nariz e sua boca, agora aberta e silenciosa. Suas costas se arquearam como um arco tensionado e, em um piscar de olhos, a luz se esvaiu de seu corpo e elu caiu inerte ao lado de Edith, com o rosto congelado em uma expressão de choque.

Ted estava de pé atrás delu, empunhando o punhal de Haraniel. Ele olhava para o corpo de Zashiel, respirando ofegante.

Não. Droga. Teddy não. Isso não. Lutei contra o nó na garganta e contra as lágrimas que ardiam em meus olhos.

— Ted.

O que você foi fazer, o que foi fazer com sua alma? Ah, meu irmão...

— Helen. Helen! Você está bem?

Nada nunca voltaria a ficar bem. Os olhos tão azuis de Edith agora encaravam o vazio, e eu não era absolutamente nada sem ela.

A luz inundou a sala por um instante. Outro corpo desabou no chão. Marlowe se levantou e pegou um lenço para enxugar uma gota de sangue que havia caído em seu rosto. Ela lançou um olhar furioso para o corpo de Delaney e passou por cima dele, com sangue espalhado por todo o seu terno risca de giz.

— Que bagunça — murmurou ela. — Está tudo bem, querida?

Não respondi. Virei-me e me ajoelhei ao lado de Edith, segurando-a em meus braços. Seu corpo era pesado e os membros estavam flácidos e desajeitados. Eu inalei seu perfume e a abracei contra o peito.

Era uma vez um bar queer secreto onde entrei por acaso certa noite. Uma vez lá dentro, a mulher que seria o amor da minha vida me convidou para dançar. Ela não sabia se deveria conduzir ou ser conduzida, mas pôs a mão na minha cintura e fez o melhor que pôde, pisando nos meus pés durante a música inteira. Mais tarde, naquela mesma noite, enquanto caminhávamos sob o céu cravejado de diamantes perto do lago Michigan, ela compensou a falta de jeito na dança me beijando com tanta ternura que o mundo pareceu parar por um segundo para nos assistir.

Nunca contei a Edith que ela me salvara. Nunca contei que ela se tornou a amiga mais valiosa que já tive. Eu sempre dizia que a amava, mas nunca o suficiente. Minha Edith, amiga dos pássaros. Meu coração. Meu mundo inteiro.

Eu não estava bem.

Mas poderia ficar.

Olhei para cima.

— Marlowe. Marlowe, ela está morta.

Marlowe se aproximou devagar, olhando para mim e para Edith, que partira em meus braços. Seu rosto estava impassível em um momento e no instante seguinte adotou uma expressão de compaixão.

— Helen, minha querida Helen. Lamento tanto, querida. — Ela se agachou ao meu lado e pousou a mão sobre os cabelos de Edith. — Precisamos fechar os olhos dela.

— Não. — Segurei Edith com mais força. — Traga-a de volta.

Teddy se sobressaltou.

— O quê?

Mas Marlowe não pareceu nem um pouco surpresa. Ela inclinou a cabeça e afastou uma mecha de cabelo de meus olhos, com tanta delicadeza que quase me fez desabar.

— Está certa disso?

— Traga-a de volta.

— Helen — chamou Teddy, mas nenhuma de nós deu atenção.

— Nenhum demônio faria o que fiz por você, Helen. Ninguém nunca conseguiu escapar de um acordo como o nosso. E isso nunca mais vai voltar a acontecer.

— Helen, não faça isso. Ela está no Céu. Você também irá para lá — suplicou Teddy.

— Mas você não — respondi.

Eu não queria viver sem Edith e não podia deixar Ted sozinho no Inferno.

Aquela pareceu a melhor das opções.

— Marlowe.

Ela continuou olhando em silêncio para mim e para Edith. Levantei a cabeça e sequei o rosto com as palmas das mãos.

— Marlowe. Por favor.

Ela continuou imóvel, pensando. Decidindo. Então vi algo mudar em seu olhar.

— Já que estamos no inferno... — murmurou Marlowe, com um sorriso melancólico. — Você já sabe, querida. As condições de sempre. Dez anos.

— Isso me basta. Vá em frente.

Marlowe se ajoelhou no sangue, segurou meu queixo e me deu um beijo delicado e demorado.

Em meus braços, Edith arfou e encheu os pulmões de ar.

3

Edith. Edith estava respirando, olhando para mim com seus olhos da cor do céu de verão, inteira e viva e presente. Encostei minha testa na dela e lavei o sangue de seu rosto com minhas lágrimas. Edith estava viva e minha existência fazia sentido outra vez.

Ela se mexeu em meu abraço, tentando se sentar sozinha, e ergueu as mãos diante do rosto, flexionando os dedos como um pianista experiente soltando as articulações. Depois deu um suspiro trêmulo e olhou para mim.

— Eu estava morta.

Atrás de mim, Ted emitiu um som engasgado.

Inclinei a cabeça e olhei para os joelhos dela, à mostra através de um rasgo na calça, e esperei o baque das palavras seguintes.

— Estávamos no Céu. Haraniel e eu. Estávamos lá — contou Edith, e o rosto de Ted surgiu em minhas lembranças, pálido, frio e aterrorizado, dizendo as mesmas palavras dez anos antes.

— Helen. Como...?

Eu precisava ao menos olhá-la nos olhos. Eu devia isso a Edith. Então a encarei, pronta para sua reação de repugnância, e dei a única explicação que eu tinha para dar.

— Eu faria qualquer coisa por você. E fiz.

Ela ficou imóvel, me observando em completo silêncio. Não se ouvia nem mesmo o som de nossa respiração enquanto ela olhava para mim. Edith franzia a testa, sua boca estava entreaberta e eu quase conseguia enxergar seus pensamentos, correndo desenfreados enquanto ela se dava conta do que eu havia feito.

Então Edith respirou fundo e seus olhos se encheram de lágrimas.

— Ah, Helen. Meu amor. Meu amor.

Edith esticou o braço e encaixou meu rosto na concha suave de sua mão. Alguém soluçou. Eu estava enrodilhada nos braços de Edith, o rosto enfiado em sua nuca, ela me mantendo segura enquanto eu estremecia e o mundo desmoronava.

Edith beijou o topo da minha cabeça. Acariciou minhas costas. Atrás de mim, Teddy chorava o pranto de alguém dilacerado.

Edith tirou a mão cálida das minhas costas e um corpo estranhamente gigante veio ao nosso encontro. Os longos braços de Teddy me envolveram. Ele chorava como o garoto que perdera a todos que amava em uma fração de segundo. Eu e Edith nos viramos e o abraçamos com força, e se ela não se importou minimamente com o fato de ser apresentada a meu irmão em um momento em que ele estava completamente nu e chorando de soluçar. Minha Edith, meu amor, com seu coração maior do que o mundo.

Ted acabou se acalmando, o choro desesperado se reduzindo a fungadas e soluços.

— Você fez de novo. Você... Eu... Eu acabei de recuperar você e você...

Pelo modo como ficou completamente vermelho ao olhar para Edith, Ted de repente se deu conta de que estava nu e se cobriu com as mãos. Edith achou graça e se desemaranhou do nosso abraço, nos dando um pouco de espaço.

Ted virou o rosto, restabelecendo o controle por um instante antes de nos olhar outra vez.

— Por quê?

— O mundo não tem graça sem você, Ted. E não tem graça sem ela.

— Mas você caiu em desgraça outra vez.

— Nós dois. Você acabou com um anjo, irmãozinho. Ouvi dizer que ficam bem chateados com isso lá em cima.

— Ele ia matar você. Mas aí você... — Ted fechou os olhos. — Ela vale tudo isso?

Ergui o queixo dele com gentileza.

— Você salvou a minha vida. Eu valho tudo isso?

Ted suspirou e seus ombros caíram.

— Eu não tinha entendido de verdade até a sua vida estar em jogo e eu ser capaz de fazer algo para te salvar.

— Ah, meu querido. Você sabe que a Irmandade vai te chutar porta afora, não sabe?

— Sei.

— Me desculpe.

— Eu não me importo, Hells. Você ia morrer. Eu trouxe você de volta, eu...

Doía. Doía muito ser amada dessa forma, saber que Ted acabara com a própria vida para salvar a minha.

— Sei uma coisinha ou outra sobre feitiçaria. É meio solitário às vezes.

— É mesmo.

Ele inclinou a cabeça e balançou como quem diz *Pode até ser, mas não importa*, e então sorriu.

— Precisa de um parceiro na agência de investigação?

Não pude evitar uma gargalhada de alívio, quase um ato reflexo de quem acaba de sobreviver.

— Acho que a empresa está de mudança para o oeste.

— Com licença.

Olhamos para cima.

Marlowe e Edith estavam a certa distância e, ao longe, distingui o som das sirenes da polícia. Marlowe chegou perto e se deteve para olhar Teddy de cima a baixo, devagar, com um olho clínico.

— Por mais gracioso que esteja nesses trajes, sr. Brandt, creio que os rapazes fardados estão chegando para uma visitinha. Hora de darmos o fora. Deem as mãos. Vamos...

Ted segurou minha mão esquerda, Edith a direita. Marlowe me olhou nos olhos e deu uma piscadinha bem na hora em que o estrondo dos coturnos soou sobre nós. O cheiro queimado e sulfuroso surgiu no instante em que caímos no nada.

Nos materializamos na suíte com perfume de rosas de Marlowe, perto da janela com vista para o lago Michigan, bem em cima de seu tapete branco felpudo. Julian apareceu na soleira como se tivesse ficado ali a noite inteira, esperando o príncipe demônio de Chicago voltar.

— Boa noite, srta. Marlowe.

— Julian. Trouxe convidados. Poderia buscar uma roupa adequada para o sr. Brandt, por favor?

— Devo chamar o sr. Henry da Johnson and Sons, senhorita?

— Amanhã bem cedo. — Marlowe olhou meu irmão de cima a baixo mais uma vez. — Quanto você mede, bonitão? Um e noventa, talvez?

Ted se remexeu de leve ao assentir.

— Calço 46.

— Vamos providenciar tudo pela manhã — prometeu Marlowe. — Agora, depois de uma noite como a nossa, tudo de que um corpo precisa é um bom banho demorado, e sei onde há uma banheira à sua espera. Vamos, vamos. Não se preocupe com o tapete.

Marlowe foi andando para dentro e, após me lançar um último olhar, Teddy a seguiu. Edith e eu nos entreolhamos com certa incredulidade, até que ela voltou a ficar séria.

— Você vendeu sua alma.

— E venderia de novo em um segundo.

— Vamos ter que enterrar você. Eu e seu irmão. — Edith me segurou pela gola e me puxou para perto. — Dez anos. É tudo que temos.

156

— Você não quer? Dez anos?

— A questão não é essa! Você...

— Para mim é. Dez anos ao seu lado? Pode apostar que eu quero. Cada segundo.

Edith tinha lágrimas nos olhos.

— Não é o suficiente.

— Vamos ter que fazer durar. — Acariciei seu rosto. — Tudo que você quiser, linda. É só dizer, e eu faço.

— Eu quero a Lua.

— Vou já buscar uma escada.

O som da risada de Edith remendou os trapos do meu coração.

— Você vai se arrepender de ter me prometido isso.

Puxei seu corpo ainda mais para perto.

— Nunca.

4

Estávamos deitadas em uma cama redonda com lençóis de seda na suíte de Marlowe. A lua nos espiava pela janela, mas ela sabia guardar segredos. Mordi o lóbulo da orelha de Edith e ela suspirou e se aconchegou em meu pescoço, beijando a cavidade logo acima da minha clavícula.

— Vamos de novo?

— Me dê um minuto — respondi. — O que aconteceu com Haraniel?

Ela acariciou meu ombro.

— Nós morremos. Fomos para o Céu. Haraniel ficou e eu voltei.

— Então você está sozinha agora.

— De certa forma — disse Edith. — Nós ainda estamos conectades, mesmo que as portas do Céu estejam fechadas.

— Você consegue falar com elu? Posso mandar um recado?

Edith riu.

— Você pode tentar, mas elu está bem chateade com você. Acha que o que fez foi egoísta.

— Bem. — Umedeci os lábios com a língua e desviei o olhar. — Acho que isso diz tudo, então.

— Mas eu também sou egoísta — disse Edith. — Eu não queria que você morresse no dia do seu aniversário. Ou em qualquer outro dia.

Olhei para ela.

— Você sabia?

Ela tocou minha têmpora.

— Você tem pensado muito nisso ultimamente.

Balancei a cabeça e beijei sua testa, logo acima da sobrancelha.

— Eu deveria saber que não conseguiria esconder isso de você, linda. Está chateada comigo por não ter deixado você ir para o Céu?

— O Céu pode esperar se eu tiver mais dez anos com você.

Dez anos. Não era tempo suficiente, mas eu viveria cada segundo abençoado dele.

— Vamos para San Francisco.

Ela sorriu para mim.

— Vamos comprar uma casa em North Beach.

— O quanto antes — concordei. — Nosso dinheiro dá e sobra.

Ela suspirou e me puxou para mais perto.

— Nós seremos muito felizes.

Sim, seremos. Eu vou tirar o pó dos móveis, queimar o café da manhã, acordar ao lado dela todos os dias. Eu serei grata, mesmo sabendo como tudo acaba.

Agradecimentos

Como todos sabem, nenhuma história ganha vida sem ajuda. O dr. A. J. Townsend leu esta muitas vezes, desde o início até a grande revisão final. Elizabeth Bear a leu quando eu me arrependi de tê-la guardado na gaveta, e seus comentários me fizeram revisitar e reformular esta história em busca do lar certo para ela. Caitlin McDonald, minha agente, me ajudou a dar os toques finais antes de mandá-la para o mundo, o que me levou a trabalhar outra vez com Carl Engle-Laird, que preservou a atmosfera de cinema noir com cuidado e maestria.

Obrigada a todos da Tordotcom que fizeram todas as coisas que fazem um livro brilhar. A Irene Gallo, editora extraordinária, que manteve esse projeto no caminho certo. A Matt Rusin, assistente editorial, que toda semana colocava ordem na casa. A Christine Foltzer, designer da capa, que deixou este livro vestido para matar. A Becky Yeager e Michael Dudding, reis do marketing que gastaram saliva para divulgar este livro. À minha editora de produção, Megan Kiddoo (outra vez!), que cuidou de pôr os pingos nos is. A Jim Kapp, gerente de produção, que não mediu esforços para levar este livro às prateleiras. À minha assessora de imprensa, Giselle Gonzalez, que organizou uma série de eventos para que este livro chegasse aos leitores. A Heather Saunders, minha designer, que cuidou dos detalhes para deixar o livro agradável aos olhos. A Richard Shealy, que, tenho o prazer de dizer, revisou este livro com cuidado e atenção. Vocês são incríveis. Muito obrigada.

Sobre a autora

C. L. Polk (elu/ela) nasceu em 1969, no Canadá. Já trabalhou vendendo legumes, atuando como figurante de cinema e identificando espécies exóticas de insetos até começar a escrever fantasia. Venceu o prêmio Nebula (com *Mesmo sabendo como tudo acaba*), o World Fantasy Award (com o romance *Witchmark*) e foi finalista dos prêmios Hugo, Locus, Ignyte e Canada Reads. Atualmente, vive em Calgary, em um apartamento que tem a sua idade, com muitos livros, menos gatos do que gostaria e um estoque de lã que pode durar uma década. Saiba mais no website https://clpolk.com/.

ESTA OBRA FOI COMPOSTA PELA ABREU'S SYSTEM EM CAPITOLINA REGULAR
E IMPRESSA EM OFSETE PELA GRÁFICA SANTA MARTA SOBRE PAPEL PÓLEN NATURAL
DA SUZANO S.A. PARA A EDITORA SCHWARCZ EM MARÇO DE 2024

A marca FSC® é a garantia de que a madeira utilizada na fabricação do papel deste livro provém de florestas que foram gerenciadas de maneira ambientalmente correta, socialmente justa e economicamente viável, além de outras fontes de origem controlada.